新思想从实践中产生

人民日报社/编

人民出版社

出版说明

习近平总书记是从人民群众中成长起来的领袖，习近平新时代中国特色社会主义思想是在中国特色社会主义伟大实践中形成的科学理论。党的十八大以来，党和国家事业取得历史性成就、发生历史性变革，根本原因就在于以习近平同志为核心的党中央的坚强领导，在于习近平新时代中国特色社会主义思想的科学指引。

习近平新时代中国特色社会主义思想源于孜孜不倦的实践和探索，体现的是历史的眼光、缜密的思维、深刻的洞察和博大的胸襟。为深入探寻新思想形成和发展的实践轨迹，人民日报社组织了"新思想从实践中产生"大型主题采访活动。30多名记者，行程数万里，采访百余人，从贫困山村到繁华城市，从黄土高原到山水江南，从国内到国外……采访中，处处都能感受到新思想丰厚的实践基础、深厚的历史文化底蕴，感受到科学理论带来的巨变、焕发的伟力！

今年 9 月、10 月，"新思想从实践中产生"系列报道在人民日报头版陆续推出后，引发强烈反响，仅在人民日报客户端，14 篇文章的总浏览量即超 3 亿人次，最多的一篇浏览量超过 4500 万，创下单篇报道浏览量的新纪录，展现了新思想的巨大吸引力、强大感召力和独特魅力。

"思想是启明星，思想是航标灯。只要我们更加自觉地学习新思想，贯彻新思想，践行新思想，我们就能认准方向、找准方位、把准方略，就能保持定力、激发动力、形成合力。""有习近平总书记为我们掌舵、领路，有习近平新时代中国特色社会主义思想武装头脑、指导实践，就没有翻不过的山、迈不过的坎，就一定能够创造更加美好的生活！"这是广大干部群众坚定的信念、共同的心声。

为帮助广大干部群众特别是各级领导干部更好地理解新思想的重大意义、丰富内涵和精神实质，切实用新思想武装头脑、指导实践、推动工作，人民日报社与人民出版社合作，将"新思想从实践中产生"系列报道结集出版，同时在篇末附录了现场采访短视频的二维码，并摘编了部分网友留言。

本书编辑组

2018 年 10 月

目录
contents

总书记发出深化改革动员令

深圳莲花山满目苍翠，山顶的邓小平铜像巍然矗立。2012 年 12 月 8 日，习近平总书记在铜像旁亲手种下一棵高山榕。如今，这棵十多米高的大树枝繁叶茂，生机盎然。

党的十八大后，习近平总书记第一次国内考察就选择到得改革开放风气之先的深圳，这是一次意义重大的政治宣示，这是一次影响深远的思想引导，这是一次催人奋进的改革动员。在这里，习近平总书记强调：改革不停顿，开放不止步，将改革开放继续推向前进。

时隔 5 年多，在改革开放 40 周年之际，我们来到深圳，沿着当年习近平总书记考察的足迹，回顾那一个个激动人心的场景，再现那一个个令人难忘的画面。

杨义标（时任深圳市莲花山公园管理处主任）：

总书记种下"信心树"

"他挥动铁锹的姿势有板有眼，很自然，很熟练，一看就干过农活。"杨义标清晰记得那天习近平总书记在莲花山栽种高山榕的场景。

2012年12月8日是个星期六，莲花山公园游人很多，但当天既没有封路，也没有清场。

9时30分左右，两辆中巴车开至莲花山脚下。下车后，习近平总书记一路步行走向山顶广场。"总书记来了！""总书记好！"沿途的市民和游客都很激动，纷纷鼓掌，争相和总书记握手。

习近平总书记微笑着和大家握手，还不时提醒大家"别挤着了"。"到了山顶，总书记不是先跟迎候在这里的干部握手，而是走向群众和他们握手交流，在场的群众都很感动。"杨义标说。

在山顶广场，习近平总书记向邓小平铜像敬献花篮，

2017 年 9 月 7 日，莲花山公园管理处主任杨义标在习近平手植树旁展示当年种下的小树照片。　新华社记者毛思倩　摄

之后俯瞰深圳全貌。

高山榕树是岭南本土树种，寓意吉祥繁荣。1992 年，邓小平同志在深圳仙湖植物园曾亲手种下一棵。

"20 年后，总书记在小平同志铜像不远处，再次种下高山榕。总书记说，改革开放的决定是正确的，我们今后仍然要走这条正确的道路。这是富国之路、富民之路，要坚定不移地走下去，而且要有新开拓，要上新水平。"5 年多过去了，杨义标对习近平总书记的这段话，仍然能够一字不落地背下来。

"总书记种下的是常青树，更是中国改革开放的'信心树''希望树'！"杨义标说。

李灏（曾任深圳市委书记）：

▼

总书记是当之无愧的改革家

"听了总书记的讲话，在场每一个人都很激动，也很振奋！情不自禁地鼓起掌来。"92岁的李灏回忆起习近平总书记考察的情景，至今仍历历在目。

在家中，他站在习近平总书记身旁的那张照片，摆放在客厅最醒目的地方。问及当时的场景，李灏连声称赞习近平总书记"非常了不起，非常有远见"。

老伴陈惠珍和他同龄，两人携手走过近70年。夫妻俩捧出一本厚厚的相册，动情地向我们介绍起当时的场景。

当天，李灏等4位曾陪同小平同志视察深圳的老同志，随着习近平总书记一同来到小平铜像前。总书记缓步向前，敬献花篮，仔细整理绶带，并向铜像三鞠躬。

习近平总书记对大家说，我们来瞻仰邓小平铜像，就是要表明我们将坚定不移推进改革开放，奋力推进改革开放和现代化建设取得新进展、实现新突破、迈上新台阶。

"这番话说明，总书记是高举改革开放大旗的！他的改革开放思想和小平同志一脉相承，而且是创新发展的。"李灏说。

回忆起深圳几十年的发展历程，李灏感慨良多："这几年，总书记反复强调，改革要蹄疾步稳，这话说得多好啊！世界上哪有那么多十拿九稳的事，看准了就要大胆试，勇于'吃螃蟹'，否则哪有今天的深圳？同时也要谨慎，要看条件，不能蛮干。"

习近平总书记在考察中指出，改革开放是我们党的历史上一次伟大觉醒，正是这个伟大觉醒孕育了新时期从理论到实践的伟大创造。

"看得出，总书记对改革有坚定意志、系统谋划和前瞻思考，他是当之无愧的改革家！有他为我们领路，是民族之幸，是党和人民之福！"李灏说。

马化腾（腾讯董事会主席兼首席执行官）：

总书记的话让我们更有劲头

2012 年 12 月 7 日下午，习近平总书记来到腾讯公司。在腾讯大厦二层展厅，马化腾向总书记详细介绍了腾讯的即时通讯产品、网络资讯、微信等核心业务和平台。习近平总书记还观看了腾讯研制的全球首款互动式投影仪演示。

"对于互联网产品尤其是微信，总书记兴趣浓厚，问得也多也细。我们演示了微信的文字、表情、语音等互动方式，并现场拍下一张照片，展示微信的图片传送功能。"马化腾说。

当总书记得知，微信已在东南亚、中东等市场占有率领先，是中国互联网企业成功走出国门的一款代表性产品，他表示肯定并关切地询问在国际竞争中有没有遇到什么问题，鼓励腾讯不断进取，为民族互联网产业走向世界贡献力量。

习近平总书记考察时指出，现在人类已进入互联网时代这样一个历史阶段，这是一个世界潮流，而且这个互联网时代对人类的生活、生产、生产力的发展都具有很大的进步推动作用。希望腾讯继续保持创新优势，为推动中国互联网发展作出更多贡献。

"能够强烈感受到，总书记具有深邃思想、宽广视野和世界眼光，对互联网和科技创新高度重视。"马化腾说，"我们是改革开放的受益者，也应当成为改革开放的推动者。总书记的讲话，让我们创新创业更有劲头！我向总书记表了态：腾讯人将在高新技术领域创造更多佳绩！"

郑宏杰（时任深圳市前海管理局局长）：

总书记叮嘱我们不搞"瓜菜代"

"虽然只有短短 40 分钟，但是我们充分感受到了总书记的领袖风范和人格魅力，当时脑子里跳出 4 个字：国运到了！"

2012 年 12 月 7 日下午 3 时许，习近平总书记来到前海，这是他深圳考察的第一站。郑宏杰时任前海管理局局长，他负责向总书记介绍前海建设情况。

当时的前海还是一片热火朝天的工地，伴着施工机械的轰鸣，郑宏杰向总书记作了简要汇报。

听完汇报，习近平总书记极目远眺。"总书记兴致很高，他说，前海现在这种建设场面，使我们回忆起深圳初创时期的景象，一张白纸，从零开始，可以画最美、最好的图画，关键是怎么画好。"总书记提出 3 点要求：一是依托香港，二是服务内地，三是国际化。

回想起总书记站在坡上讲话的场景，郑宏杰仍很激动："我现在还记得，他的鞋上落了一层灰。总书记指出，把前海作为改革开放的一块试验田，继续获得经验并向全

广东自贸区深圳前海蛇口片区（2015 年 2 月 26 日拍摄）。 新华社记者毛思倩 摄

国推广。要发扬特区'敢为天下先'的精神，做第一个'吃螃蟹'的人，落实好先行先试的特殊政策。他鼓励我们大胆地往前走。"

"一定要注重高端，要精耕细作、精雕细琢，不能搞一堆'瓜菜代'。"习近平总书记的这句话，郑宏杰记得格外清楚，"他确实高瞻远瞩，想得更深、看得更远。"

邓锦辉（罗湖区渔民村社区居委会副主任）：

总书记希望我们的日子越过越红火

渔民村，与罗湖口岸近在咫尺，与香港隔江相望。

习近平总书记当年来到这里，考察了村党群服务中心、警务室和居委会，还走进村民家里，与大家围坐在一起，拉家常、说变化。

"见到总书记，我的心都快蹦出来了！"邓锦辉回忆，习近平总书记问得特别细：渔民村现在有多少栋楼房，如何出租，出租的对象是谁，全村多少人，每户一年有多少收入？"总书记还夸我们，居委会工作功不可没。这话让我们感到很温暖！"

从当初的小渔村到如今花园式的现代化社区，渔民村的变化是深圳改革开放 40 年的缩影。

邓锦辉介绍，渔民村原住民是东莞一带水上漂泊的渔民。改革开放后，大伙儿开始承包鱼塘搞养殖，买"泥头车"（拉建筑用料的卡车——记者注）跑运输，办来料加工厂，凭着特区政策和毗邻香港的优势，在上世纪 80 年代中期成为国内最早的"万元户村"。

邓锦辉就是村里的第一批"万元户"，1982 年就住上了 2 层的小楼。现在的社区是村里统一盖的，一共 12 栋高层，出租了 1200 余套，由物业公司统一出租和管理，村民每户年收入能达到 50 万元左右。

看到渔民村的幸福生活，习近平总书记说："这是历史性的跨越！看到你们生活过得好，我非常高兴！希望你们用勤劳的双手创造更幸福的生活。"

在渔民村社区广场，习近平总书记微笑着和大家一一握手、问好，还抱起一个婴儿。

"总书记说，社区居民对党的改革开放政策的衷心拥护，感情很真实，看了很高兴，希望你们的日子越过越红火。上车后，总书记还不停挥手，跟我们说再见。当时特别感动，眼泪一直在眼眶里打转！"

"这几年，总书记经常提到获得感、幸福感，体现了党的领袖的为民情怀。"邓锦辉说，"幸福是奋斗出来的！村里人都有一个愿望，请总书记再来看看我们今天的变化！"

记者　汪晓东　张炜　赵丹彤　吕绍刚

《人民日报》2018 年 9 月 14 日

深圳篇：总书记发出深化改革动员令

网友留言

1. 人民日报微信公众号网友"清风徐来"：我们是改革开放的受益者，更是改革开放的推动者，深化改革，勇于实践，在实践中进一步推进改革。

2. 人民日报微信公众号网友"我在路上"：改革开放是强国之路，深化改革开放是现实必然选择。

3. 人民日报微信公众号网友"夏静"：得民心者得天下，为总书记始终为人民着想的精神点赞。

4. "学习小组"网友"国民"：好得很！方向明确，在发展中解决问题，螺旋式上升，蹄疾步稳。历史证明，中国如果出问题往往是内部的问题，这么大的巨人，外人谁又能把你推倒？

5. "学习小组"网友"宁静淡泊"：非常好，在中美贸易摩擦大背景下，这篇文章让人民群众吃了颗定心丸。

习近平叮嘱我们护好绿水青山

"他当年来余村调研，也没准备讲话，但听了我们从'卖石头'转向'卖风景'的汇报，他十分高兴，即兴讲了很长时间，首次提出'绿水青山就是金山银山'，最后待了近两个小时。"

回忆起 2005 年 8 月 15 日习近平同志在安吉调研的情景，时任余村党支部书记的鲍新民至今仍很激动。

"没想到他首先讲生态环保问题"

2005 年 8 月 15 日下午 4 点，习近平同志一行到安吉县天荒坪镇余村进行调研。

"村里和镇里基层同志先讲，畅所欲言，县里的同志可以作补充"，顶着烈日仔细查看余村民主法治建设宣传栏后，习近平同志在会议室坐下，顾不上擦汗，就让鲍新民第一个发言。

"我紧绷的神经马上放松了下来，没想到省委书记这么随和"，鲍新民回忆，"我接下来汇报时，他一直认真听，并不时对我微笑点头，表示赞许。"

鲍新民在汇报时讲到：依靠炸山开矿和建水泥厂，余村曾经成为安吉首富村，上世纪 90 年代末村集体年收入曾达 300 万元。虽然老百姓的口袋鼓起来了，但生态环境也被破坏了：尘土飞扬、污水横流、垃圾遍地，村民不敢开窗，山上连笋都不长了，矿上爆破频出事故……痛定思痛，余村用民主决策的方式选择将高污染企业陆续关停，开始向绿色发展转型。

"关停村里的矿山和水泥厂，得到全村绝大多数村民支持。"鲍新民说，但关了水泥厂和矿区几乎就断了村里的财路，很多村民一下子失业了，村集体年收入最少的时候减少到 21 万元；而生态旅游怎么搞，能不能搞起来，大家心里也没有底。

"他听完我们的汇报后非常高兴，即兴讲了话。"鲍新民回忆，习近平同志当时来余村调研的主题是民主法治建设，"大家都没想到他听完汇报后会讲那么长，更没想到他首先讲生态环保问题。"

习近平同志语重心长，娓娓道来。看得出，他对生态环境问题有着长期思考。

"生态资源是最宝贵的资源，不要以牺牲环境为代价来推动经济增长，这样的经济增长不是发展。"

"我们要留下最美好的、最可宝贵的，也要有所不为，这样也许会牺牲一些增长速度。"

"刚才你们讲了，要下决心停掉矿山，这些都是高明之举，绿水青山就是金山银山。"

"从安吉的名字，我想到了人与自然的和谐、人与人

近年来，浙江省安吉县余村积极建设"美丽乡村"，努力将当地"绿水青山"的环境优势转化为建设"金山银山"的现实生产力。　新华社记者谭进　摄

的和谐、人与经济发展的和谐。"

"要坚定不移地走自己的路，要有所得，有所失……在鱼和熊掌不可兼得的时候，要知道放弃，要知道选择。"

……

习近平同志结合安吉、余村发展实际，阐述了"绿水青山就是金山银山"的道理。

"我们这里8月份天还很热，'秋老虎'啊！我们看到他的衣服都湿透了。也怪我们粗心，连条毛巾都没准备……"

开完会，村里人都想和习近平同志合张影，但都不好意思提。鲍新民回忆说，"还是他主动招呼我们说，大家过来合个影吧"。

"他为我们送来了绿色发展方法论"

2003年4月9日，习近平同志担任浙江省委书记约半年后，就曾到安吉调研过。

"那次来安吉，他说，他最早知道安吉的名字是在福建省分管农村工作的时候，知道安吉的竹业经济发展得比较好，老百姓也比较富，这是他对安吉的第一印象。"安吉县委副书记、时任县委办公室主任赵德清回忆说。

"习近平同志第二次来安吉，讲话一开头就引用了《诗

2018 年 6 月 3 日，安吉县余村农家女导游潘春连（左一）向游客介绍当地"美丽乡村"景色。　新华社记者谭进　摄

经》中的一句话：安且吉兮。他称赞安吉是个好名字，在安吉能感受到一种和谐的氛围。"安吉县委书记、时任县委组织部部长沈铭权说，"他在这里首次提出的'绿水青山就是金山银山'重要论断，拨云见日，为我们送来了绿色发展方法论。"

10 多年来，安吉县认真践行"绿水青山就是金山银山"理念，在生态立县的道路上阔步前行，先后获评全国首个气候生态县、国家可持续发展实验区、首批中国生态文明奖，还是我国首个获得联合国人居奖的县级城市。

安吉以全国 1.8% 的竹产量创造了全国 20% 的竹业产值，去年达到 217 亿元；白茶产业去年产值达 24.57 亿元，惠及1.58万户茶农；在建绿色项目174个，总投资达1500多亿元，全部竣工后将为安吉新增4500亿元以上的产出；城乡收入比为1.73∶1，远低于全国平均水平。

"没有习书记指点迷津，安吉不可能发展得这么顺利，也不可能成为'中国最美县域'。"沈铭权说。习近平同志在调研时指出，我们的整个经济结构，要下决心舍去严重污染环境的、高能耗的产业，我提出凤凰涅槃、浴火重生、脱胎换骨就是这个意思。"这段话我们一直牢记在心。我们认真学习了总书记在全国生态环境保护大会上的重要讲话，深感他的生态文明理念是一以贯之的。"

"他当时对我说，一定要把百草原这片山林和湿地保护好，用你们的智慧，把绿水青山转化为金山银山。"中南百草原集团有限公司负责人崔世豪拿出当时他陪同习近平同志参观时的照片，百感交集。"一开始做生态旅游的时候，并不被人看好，景区开业之初也几乎无人问津，说实话当时心情有些低落。"

到安吉调研时，习近平同志专程到中南百草原考察。崔世豪说，"他考察后不久，我们就投入8000多万元，对中南百草原进行大规模的改造提升。去年，我们这里吸引游客138万人次，营业额2亿元，同时带动了2万多名农民就业。没有他当时的叮咛和鼓励，哪会有我们企业的今天！"

"他就是站得高看得远"

天荒坪镇大溪村有家名为"中山酒楼"的农家乐，习近平同志两次到安吉调研都是在这里简单用餐。

"2005 年 8 月 15 日那天，我陪他一直走到二楼，他详细询问村民的就业和收入情况，还问了我好几个经营方面的问题，问得很细。得知我的农家乐做得很红火，他很高兴，还问我要不要一起坐下来吃一点，听着既贴心又暖心！"中山酒楼老板谭江洪回忆当时情景，历历在目。

谭江洪早年在当地的江河造纸厂工作。2000 年前后，造纸厂因为污染大、效益差而关停。谭江洪凭借灵活的经营头脑，很快开办了这家农家乐，不到两年就买上了小汽车。

"那天我们做的全是普通农家土菜，其中咸肉炖笋、山木耳炖豆腐、萝卜烧肉这 3 个菜，看得出，他很爱吃。在了解到我是下岗工人创业后，他当场提出这 3 样菜各加 1 份。当时听了这话，我的眼泪都快掉下来了！"谭江洪说，"临走时，他拉着我的手说，下次来安吉还到你家吃。我跟媳妇说，咱这农家乐得好好开下去，等着习书记再来！"

"习近平同志当时说，经济发展到一定程度，逆城市化会更加明显，一些人可能更喜欢住在农村或郊区。到那时候，安吉更是一块宝地。"沈铭权说，"他就是站得高看得远！从安吉的情况看，习近平同志当时的判断已经完全成为现实！"

"淡季不淡，旺季更旺！生意越来越火，可比以前在水泥厂干强多了！"农家乐"春林山庄"的老板潘春林说起这些，笑得合不拢嘴。"总书记说，绿水青山就是金山银山，我们现在既留住了绿水青山，也挖出了发家致富的金山银山！"

在乡村旅游热的带动下，余村村民俞金宝办起了自己的葡萄采摘园："我贷了200万元，不过一点不担心！"

"放心吧，他可亏不了！葡萄成熟的时候，正是漂流的旺季，我们两家离得近，到时候来漂流的人谁不来采摘一串！"经营着一家漂流基地的村民胡加兴抢过话头："每到旺季，来玩漂流的都得排队喽！"

记者　辛本健　顾春　王洲　柴逸扉
《人民日报》2018年9月16日

浙江安吉篇：习近平叮嘱我们护好绿水青山

网友留言

1. 人民日报微信公众号网友"家在远方"：绿水青山是人与大自然和谐相处的最好音符！

2. 人民日报客户端网友：人民领袖目光高远，心系生态环境建设，祖国处处定会是绿水青山，天空蔚蓝！

3. "学习小组"网友"王喜森"：给子孙后代留下一个青山绿水、人与自然和谐相处的发展环境，才真正是利在当代、功在千秋的伟大成就！

4. 人民日报微信公众号网友"七彩鱼"：祝愿我们的祖国到处都是绿水青山。

5. "学习小组"网友"遇见"：不得不说，习总书记这个绿色发展理念太赞了，佩服他的智慧和才略，希望他能带领中国走向更加辉煌的明天。

习近平帮我们挖"穷根"

"过洋村能有今天，多亏了习近平同志！当年，他到宁德上任后第一次下基层就来到我们村，鼓励大家发挥自身优势，解放思想，开拓思路，走林业、种植业等多元发展的道路。"回忆起30年前习近平同志到过洋村调研的情景，69岁的老支书钟祥应清晰如昨。

1988年6月，习近平同志来到全国18个集中连片贫困地区之一的福建宁德担任地委书记。在不到两年的时间里，他走遍闽东9县乡镇，进村入户，访贫问苦，一心要让乡亲们彻底摆脱贫困。

在这里，他倡导滴水穿石，久久为功；在这里，他强调弱鸟先飞，因地制宜。

刘明华（时任寿宁县下党乡党委副书记）：

▼

他鼓励我们"以干得助"

"下党乡是出了名的'地僻人难到'，习近平同志是建乡以来第一个到乡里的地区领导。"时任寿宁县下党乡党委副书记的刘明华回忆说。

宁德市寿宁县下党乡，当年是"朝迎山村风寒，夜伴泥瓷灯盏"。1989 年 7 月 19 日，习近平同志带领地直机关 18 个单位负责同志，来到下党乡现场办公。

那天刚好是大暑的前 4 天，"日头特别毒"。习近平同志一早从寿宁县城出发，坐了 2 个多小时的车，又走了 2 个多小时的山路，才到了下党村头的鸾峰桥。

"他汗流浃背，一边拿搭在脖子上的白毛巾擦汗，一边同桥上迎接他的干部群众握手。脱下的白衬衫晾在廊桥上，看上去湿漉漉的。"刘明华说。

喝了一碗乡亲们送来的凉茶，习近平同志当即在鸾峰桥边的小学校召开现场办公会。他对时任乡党委书记的杨

福建寿宁县下党乡古民居群落新貌（2017 年 9 月 26 日拍摄）。 新华社记者
魏培全 摄

奕周说："你是主人，坐中间。"

没有路，没有电。为了尽快让下党乡通上电，有人提

议从临近乡镇拉线过来，但习近平同志不认可："要致富，先修路，这一点，我同意。但是架线拉线通电，我看就罢了。拉线过来，看似见效快，实际背了电费的包袱。下党有水利资源，咱们自己建个电站，等于抓了一只能下蛋的鸡。"

一席话，让在场干部群众频频点头。"他想得深、看得远呐！"刘明华说，现场会结束时，习近平同志鼓励大家要"以干得助"，"这句话，我一直记在心里"。

1991年1月，下党第一条公路建成通车；12月，一座250千瓦水电站建成。"这么多年，父老乡亲一直念着习近平同志的好，一直希望他有空再回来看看！"说起这些，刘明华眼眶有些湿润。

连德仁（时任寿宁县委常委、常务副县长）：

他要我们抓"做"功而不是"唱"功

"习近平同志开展扶贫工作，'实'字当头，'干'字为先。"时任寿宁县委常委、常务副县长连德仁回忆，1989年7月19日，习近平同志赶回寿宁县城时，已是晚上8点多，第二天一早，他就开会研究落实对下党乡的帮扶举措。

"他讲得很动情,'下党有多苦,大家都看到了。下党不改变面貌,我们就无颜面对父老乡亲'。"连德仁说,习近平同志让宁德地直机关18位负责同志现场表态,对于乡亲们迫切需要解决的问题,各部门谈谈办法。

民政局最先表态,从局里挤出5万元,支持下党公路和电站建设:"我们真的是把口袋底都翻出来咯!"习近平同志笑了,他说,这很好,大家都要翻箱倒柜,竭尽全力。扶贫,就不要有所保留。

习近平同志还当场拍板:地委支持下党乡建设资金72万元,其中32万元用于修路,40万元用于水电站建设。

针对下党乡帮扶工作,习近平同志说,水电项目,不能成为"胡子工程",包括道路建设也要认真核定,办一件成一件,把有限的资金用在刀刃上。两年内,下党的项目不要再报到地区来了,要集中精力办好电力和公路。"各个部门都要到贫困地方去调查研究,带动解决实际困难,种种情况都不能成为不下乡的理由。"

习近平同志在福建工作17年,先后9次到寿宁,其中3次专程到下党乡现场办公。原宁德地委秘书长李育兴说:"他不仅一贯强调深入基层,深入群众,自己也始终以身作则,宁德地区124个乡镇,他去过123个"。

连德仁曾8次陪同习近平同志下乡调研。"习近平同志有一句话让我印象最深——干部一定要抓'做'功，而不是'唱'功。他说，要以一村一户为对象，去找路子，去想法子，找准穷根，合力攻坚。这是指导党员干部做好扶贫工作的基本法则"。

刘智勇（时任福安县社口镇坦洋村支书）：

他冒雨走泥路看茶山

闻名中外的"茶乡"福安社口镇坦洋村，曾是习近平同志担任宁德地委书记期间的农村党建联系点。

1988年秋天，习近平同志轻车简从来到村里。"那天，他穿着深蓝色短袖，裤子上还有补丁，脸上始终挂着笑容。"当年刘智勇刚刚担任村支书，他没想到的是，"地委领导竟然这么年轻，穿着也这么朴素。"

座谈会上，刘智勇准备了汇报材料，刚要念，就被习近平同志微笑打断："不用念材料，我问你答就好。"他最关注两个问题：一是怎么更好发挥农村党支部的战斗堡垒作用？二是怎么增加村集体收入？

"习近平同志问得非常细，现在种了多少亩茶？是什

福安市社口镇坦洋村茶山。

么品种？有什么困难？当时心里挺紧张，生怕答不上来。"
刘智勇说，座谈结束后，习近平同志沿着山路，爬上村后
一座茶山。"当时，天上下起小雨，他鞋子上沾满了泥巴。"

"他对我们说，坦洋村要大力发展特色茶产业，党员干
部要发挥示范带头作用。农村党组织，是脱贫第一线的核
心力量。经济搞上去了，党员的理想信念、先锋模范作用，
都只能强化，不能削弱。"这些话，刘智勇一直牢记在心。

　　1989 年 2 月，习近平同志邀请 8 位基层农民代表到地区行署，给地直机关副科以上干部作报告，刘智勇的父亲刘少如也在其中，他是坦洋村老支书，带着大伙儿开荒种茶，脱贫致富。"父亲回来对我说，习近平同志在会上夸他，站在改革的前头，带领大家致富，很不容易。"

　　后来，习近平同志又多次来坦洋。"他鼓励我们，坦洋要当领头羊，不断放大坦洋功夫红茶的品牌效应，因地制宜，壮大茶叶经济。还明确提出，坦洋发展好了，就要走出去，要与困难村结成对子，开展帮扶。"

　　很快，坦洋村茶叶种植面积增至 3000 多亩，村资产超过 300 万元，村党支部也被评为"全国先进基层党组织"，成了闽东明星村。"时常想起习近平同志当年冒雨走在山路上的背影，还有他鞋子上的泥巴，心里暖暖的。"刘智勇说。

江成财（福安市下白石镇下歧村村民）：

他改变了连家渔民的命运

　　"没有习近平同志大力推进，我们连家渔民可能还住

连家渔民上岸安置点福安市下白石镇下歧村新貌。

在船上，漂在海上！"从船上搬到岸上 18 年了，江成财依然充满感激。

连家渔民，又称疍民，就是居无定所、以船为家的渔民，他们常年以打鱼为生，日子大多比较清苦。

1997 年 6 月，时任福建省委副书记的习近平同志带队到闽东，对连家渔民易地搬迁问题进行专题调研。

看到一家几代人挤在阴暗潮湿的渔船上，习近平同志动情地说，共和国成立都快 50 年了，部分群众生活还这么困难，一定要解决好他们的生活困难。没有连家渔民的小康，就没有全省的小康。

在习近平同志的力推下，福建连家渔民上岸工程迅速展开，到 2000 年，下歧村建成了 6 个渔民安置点，511 户 2310 名连家渔民告别了海上漂泊岁月。

"2000 年 11 月，我们搬到岸上新家没多久，习近平同志就来看我们了。"江成财说。

来到江成财家，习近平同志仔细询问：家里几口人？现在做什么工作？收入怎么样？搬上岸过得习不习惯？"我告诉他，现在的生活很好很舒服。祖祖辈辈都在船上，做梦也想不到能上岸。以前在船上，怕风怕雨，片刻离不开人。现在住进了新房，终于能踏踏实实做事啦。习近平同志听了很高兴，他走到我家餐桌前，看到有鱼、有肉、有蔬菜，一边笑一边冲我点头。"

"既然上了岸，就要努力做事，做出个样子来。"习近平同志的这句话，时时激励着江成财。

"离开前，他对大家说，有困难就找政府。还对身边工作人员说，我们不要忘记政府前面的'人民'二字。"时任下歧村支书陈寿章回忆说。

"20 年里，有两个不一样的我。"江成财说，船上的我，缺衣少食，到十来岁有时都没裤子穿；现在的我，做养殖，搞基建，住进了 120 平方米的大房子，日子红红火火。

2000 年搬进新居时，江成财的儿子江陵才 2 岁。去年，江陵和朋友去海上体验了一次渔民生活，回来后告诉父亲，真不容易。"我对儿子说，要永远记住，是习近平改变了我们连家渔民的命运！"

记者　魏贺　李翔　郑娜　赵鹏

《人民日报》2018 年 9 月 17 日

福建宁德篇：习近平帮我们挖"穷根"

网友留言

1. 人民日报微信公众号网友"甜小妞":希望在习近平总书记的带领下,每一个地方的领导都可以像您一样优秀,抓实干,带领我们国家繁荣发展。

2. 人民日报客户端网友:铭记初心使命,一生报党报国。把人民摆在心中最重要的位置,以人民为中心的最高价值取向,构成伟大人格力量。

3. "学习小组"网友"自由自在":我觉得主要让贫苦人群树立信心,精气神才会更足。树立信心有赖于教育和一定政策支持,让他们懂得,也看到希望。

4. 人民日报微信公众号网友"清风徐来":撸起袖子加油干,挖断穷根奔小康。

5. "学习小组"网友"吕心同":扶贫先扶志,立己先立人。

总书记为长江生态画"红线"

"记得上世纪 80 年代初，有一部红遍全国的电影《等到满山红叶时》，说的就是三峡，给人印象深刻。"2016年 1 月 4 日，习近平总书记来到重庆果园港调研，观看展板时，一张巫山红叶的照片引起他的回忆。

长江，连接着中华民族的过去、现在和将来，也始终牵动着习近平总书记关切的目光。

"当前和今后相当长一个时期，要把修复长江生态环境摆在压倒性位置，共抓大保护，不搞大开发。"习近平总书记的讲话振聋发聩，字字千钧，为长江经济带发展指明方向、划定航向。

最近，本报记者再次来到重庆，追随总书记的足迹，感受母亲河的变化。

何怡（重庆果园港铁路运行部副经理）：

总书记的要求很有针对性

2016 年 1 月 4 日，新年第一个工作日，阳光驱散了江上的薄雾。习近平总书记来到两江新区果园港调研。

他一手扶着码头栏杆，一手指着正在作业的船只询问情况，"一艘船能装多少标箱？""船从重庆出发到上海需要多少天？""去年港口的吞吐量是多少？"看着繁忙的港口，习近平总书记叮嘱：要用改革创新的办法抓长江生态保护，真正使黄金水道产生黄金效益。

"总书记看完集装箱船起货作业，转身朝我们果园港职工走来。看到总书记来了，大家都情不自禁地喊道：'总书记好'。总书记微笑着和大家握手，在场的职工一个都没落下。"

"你是什么工种？主要负责哪些工作？"习近平总书记握着何怡的手亲切询问。何怡回答："报告总书记，我现在

重庆果园港附近长江航道上排队等待的货轮。　新华社记者刘潺　摄

是一名铁路理货员，希望能和果园港一同成长。"习近平总书记听后点点头，勉励大家说："果园港要为长江经济带建设服务，为'一带一路'建设服务，为深入推进西部大开发服务。这里大有希望。"

希望在奋斗中成为现实。现在，果园港已成为长江上游第一个专用无线终端与4G宽带集群系统全覆盖的港口，码头实现生活污水零排放、生产废水达标排放。

"大家都感到，总书记对我们的要求很有针对性，就像是航标灯，让我们明确了方向，坚定了信心。"两年多过去，"90后"何怡已经是铁路运行部副经理，"果园港越来越像一个花园式港口了。希望总书记再来看看，看到现在的变化他一定很高兴"。

王东升（京东方科技集团股份有限公司董事长）：

▼

总书记讲得最多的是创新

"这是我第三次见到他了。第一次是 2011 年，在安徽合肥；第二次是 2013 年，在北京中关村。他始终关心创新的话题，2016 年来重庆到京东方视察，讲得最多的也是创新。"王东升回忆说。

"他在超清显示屏前停留了很久，兴致勃勃地拿起一款柔性屏观看。"王东升清楚记得，习近平总书记还拿起放大镜，仔细观看比头发丝还细的薄膜晶体管电路。

来到工程师王武身边时，习近平总书记凑近他电脑屏幕上的设计图，看得很细。王武介绍："我正在进行掩膜版设计，公司所有创新的想法、技术都集中体现在掩膜版研发上面。"

习近平总书记转过身问王东升，"这个技术是不是我们自己的？""公司的人才是不是我们自己培养的？"得到肯定的回答后，他满意地点点头。

"总书记指出，长江经济带发展必须坚持生态优先、绿色发展的战略定位。总书记看得远、想得深，说清了发展的逻辑，把准了发展的脉搏。"王东升说。

创新引领，绿色发展，京东方已经被纳入工信部颁布的第一批绿色制造示范名单。"总书记指出，创新作为企业发展和市场制胜的关键，核心技术不是别人赐予的，不能只是跟着别人走，而必须自强奋斗、敢于突破。我们一定不辜负总书记的殷切期望，牢牢把创新抓在手里，把大国重器牢牢掌握在自己手里！"王东升充满信心。

李春奎（重庆巫山县委书记）：

长江生态保护总书记最牵挂

"长江水质保持得怎么样？"

"三峡现在还有猴群吗？退耕还林是人工造林还是飞播造林？"

……

长江生态保护，习近平总书记一直念兹在兹。回忆起总书记参加今年全国人大一次会议重庆代表团审议的场景，李春奎清晰如昨："在我汇报的过程中，总书记听得十分认真，插话十几次。总书记很关心三峡库区和库区人

重庆巫山果农正在自家果园查看脆李生长情况（2018 年 4 月 17 日拍摄）。 新华社记者王全超 摄

民，几次询问库区生态保护和经济发展情况。"

　　当李春奎说到巫山把绿化造林和脱贫攻坚结合起来，带领群众种好巫山脆李这一"摇钱树"时，习近平总书记表现出浓厚兴趣。"脆李是否属于李子的一种，个头有多大？颜色是红色、青色还是黄色？"

　　得知巫山脆李就是李子，已有上千年种植历史，颜色偏青色，因为质地脆嫩、汁多味香，所以叫做脆李，习近平总书记插话说，他在福建工作的时候，古田县出产一种水果叫油柰，也属于李子品种，皮薄肉厚，酸甜清脆，很好吃，想来和巫山脆李差不多。

　　"总书记非常关心我们的'摇钱树'和'致富果'，提问很接地气也很专业"。巫山地处三峡库区，是长江上游的重要生态屏障。当李春奎提出加快落实三峡后续工作十年规划的建议时，习近平总书记当即指出："这个建议很有必要。"马上让工作人员记录下来，要求研究落实。

生态没有替代品，既是自然财富，也是社会财富、发展财富。习近平总书记在会上反复强调："美丽中国处处有美景，有些地方是竹海，有些地方是油菜花，有些地方是牡丹花，你们那里是红叶，都很美，这些都是我们建设美丽中国的宝贝。"

"加强长江经济带的生态保护，总书记最牵挂。保护是为了更好的发展，是为了让我们的家园更美丽，生活更美好。请总书记放心，我们一定把一个更加秀美的巫山留给下一代。"李春奎说。

刘家奇（重庆市涪陵区南沱镇睦和村党支部书记）：

总书记的重要指示给村里带来巨变

"10多年前，习近平同志在浙江工作时曾到涪陵进行对口支援。今年全国人大一次会议重庆代表团审议时，我向他当面汇报了涪陵睦和村建设的成果。"刘家奇说。

睦和村是三峡生态移民村，村口能望见缓缓流淌的长江。"我们那里春有枇杷、夏有荔枝、秋有龙眼、冬有柑橘脐橙，绿色产业兴旺发达。经过这几年发展，年人均纯收入涨了快10倍，达到1.47万元。"

习近平总书记听了问道："能种荔枝龙眼，你们那里自然条件怎么样？"

刘家奇回答："我们的气温、土壤、水质条件都很好，

涪陵区南沱镇的荔枝迎来大丰收。

荔枝成熟得晚。基本上我们的荔枝上市了，全国都没有其他荔枝了。"

习近平总书记又追问："你们的荔枝什么时候上市？"

"7月中旬上市。"

"浙江最晚到8月份还能吃到荔枝。"

"总书记，我们晚熟品种的荔枝一直到8月下旬还有呢。"

"看来，你们这里的自然条件还是不错的。"总书记笑着说。

刘家奇说他汇报前还有些紧张，习近平总书记亲切平实的话语让他越来越放松，"就像和一位熟悉农业生产的长辈拉家常一样"。

全长6300公里的长江，有1公里多流经睦和村。原来村里的生活污水直排长江。现在家家建起了沼气池，沼气可以当燃料，残渣可以肥田，既减少了污水，又不怕废气呛人，还不担心化肥残留污染，一举三得。

思想认识到位，责任还需压实。去年初，刘家奇成为这个河段的河长。一次巡查时，他发现上游临丰村一家榨菜厂有偷排废水的嫌疑，立刻打电话给临丰村的河长，拆除了打算偷排污水的管道。聊起这事，两个河长都觉得，落实总书记说的"共抓大保护、不搞大开发"，他们肩上的责任很重。

"推动长江经济带发展必须从中华民族长远利益考虑，走生态优先、绿色发展之路，使绿水青山产生巨大生态效益、经济效益、社会效益，使母亲河永葆生机活力。"习近平总书记的话说到了刘家奇和乡亲们的心坎里。刘家奇说："总书记的重要指示给村里带来巨变，绿色当福利，风光变了现，林果成'银行'，乡亲们都盼望总书记来村里走一走，尝一尝我们市场抢手的荔枝龙眼。"

记者　王斌来　张音　许晴　蒋云龙

《人民日报》2018 年 9 月 18 日

重庆篇：总书记为长江生态画"红线"

网友
留言

1. 人民日报客户端网友"实干兴邦"：推动长江经济带
   发展必须从中华民族长远利益考虑，走生态优先、
   绿色发展之路，使绿水青山产生巨大生态效益、经
   济效益、社会效益，使母亲河永葆生机活力。

2. 人民日报客户端网友"人民 hFrXb"：生态没有替代
   品，既是自然财富，也是社会财富、发展财富。

3. 人民日报客户端网友"人民 Q462e"：绿色当福利，
   风光变了现，林果成银行，乡亲们都盼望总书记来
   村里走一走。

4. 人民日报微信公众号网友"梓裔"：问渠哪得清如许，
   为有源头活水来。习总书记辛苦了。

5. 人民日报微信公众号网友"端坐于霜天"："红线"不
   仅仅是底线，更是保护环境的新起点。

习主席是"一带一路"伟大筑梦者

"'一带一路'倡议非常具有想象力！习主席就像一位高超的指挥家。"中哈物流基地国际部经理阿金汉·别杰洛夫日前在接受本报记者采访时说："这是改变世界、通向未来的倡议。"

2013年秋天，习近平主席出访中亚和东南亚时提出"一带一路"倡议。5年来，在他的亲自谋划和推动下，"一带一路"取得了令人瞩目的成就，这一世纪工程造福各国人民的愿景正在变成现实。

本报记者最近重访哈萨克斯坦和印尼，记录"一带一路"建设进展，感受共赢发展的时代脉动。

萨乌列·果莎诺娃

（阿斯塔纳古米廖夫国立欧亚大学孔子学院哈方院长）：

▼

习主席每一句话都直击人心

【2013年9月7日，在纳扎尔巴耶夫大学，面对近300位听众，习近平主席提出共建丝绸之路经济带倡议。纳扎尔巴耶夫总统第一时间积极回应：中国好，哈萨克斯坦就好。】

"我太幸运了！"作为阿斯塔纳古米廖夫国立欧亚大学孔子学院哈方院长，果莎诺娃见证了"一带一路"开启的历史性时刻。"习主席在演讲开始就提到了哈中两国与古丝绸之路的渊源，我们感觉特别亲切。"古丝绸之路贯穿哈萨克斯坦全境，哈萨克斯坦人民以此为荣。

果莎诺娃印象最深的是"纳扎尔巴耶夫总统第一时间支持习主席倡议"。习近平主席演讲一结束，果莎诺娃就和身边的听众展开了热烈讨论，"大家都觉得，这一倡议很实在。习主席每一句话都直击人心，他具体阐释了'五通'的涵义，为推进合作指明了方向。"

去年 11 月，果莎诺娃和其他哈萨克斯坦专家考察了在阿克套、阿拉木图等地的中企项目。"我们实地察看了哈中合资的汽车、水泥、石油公司等项目，为哈中在经济合作中取得的丰硕成果感到由衷高兴，这充分说明了习主席的远见卓识。"

"习主席说，搞好贸易、基础设施等领域合作，'必须得到各国人民支持'，还宣布，未来 10 年，中国向上海合作组织成员国提供 3 万个政府奖学金名额，邀请 1 万名孔子学院师生赴华研修，这让年轻人看到了新的机会。"果莎诺娃所在的大学，之后举办了一系列圆桌会议，讨论习近平主席提出的倡议，师生们的参与热情非常高。

"'一带一路'让哈萨克斯坦的汉语热迅速升温。"果莎诺娃和她的同事开设了供各类学生学习的汉语课程，同时翻译、引进汉语教材，她说现在的日子"辛苦更快乐着"。

阿金汉 · 别杰洛夫（中哈物流基地国际部经理）：

习主席就像一位高超的指挥家

【中哈连云港物流合作基地是中哈共建"一带一路"首个重点项目。2014 年和 2017 年，

习近平主席和纳扎尔巴耶夫总统两次通过视频连线,见证了物流基地的投产和运营仪式。如今,这个基地在哈萨克斯坦家喻户晓。】

年轻帅气的阿金汉·别杰洛夫是中哈物流基地国际部经理。在 2017 年 6 月 8 日的视频连线仪式上,曾在中国留学的他担任了基地直播连线技术人员的翻译。

"当两国元首共同推动操控杆,基地内的火车专列缓缓鸣笛启动时,整个基地沸腾了,工作人员欢呼雀跃,飞驰而过的列车承载着哈萨克斯坦物流的希望。"别杰洛夫说:"中哈连云港物流合作基地对于我们国家意义太重大了。"

道路通,百业兴。哈萨克斯坦是内陆国家,长期以来一直苦于没有出海口,商品进出口受到极大限制。"有了连云港这个出海口,不仅哈萨克斯坦,其他中亚国家也可以方便地与其他国家建立商贸联系。"别杰洛夫告诉记者:"'一带一路'倡议非常具有想象力!习主席就像一位高超的指挥家。他说要将连云港—霍尔果斯串联起的新亚欧陆海联运通道打造成'一带一路'合作倡议的标杆和示范项目,这个目标正在成为现实!"

"我最想告诉习主席的是,哈萨克斯坦的小麦通过连云港出口到东南亚国家,获得了良好的市场反响。"别杰洛夫说,这是打通丝绸之路经济带和 21 世纪海上丝绸之路的典型案例和精彩故事。

别杰洛夫对未来充满信心："我们还将有更多产品通过这里打开海外销路。来自日韩等国的产品也将通过连云港在哈萨克斯坦中转，出口至中亚、东欧等国家，成本大大降低。可以说，'一带一路'建设已经让哈萨克斯坦成为欧亚物流枢纽的重要一环。"

说起他的期盼，别杰洛夫告诉记者："我现在特别希望习主席和纳扎尔巴耶夫总统来我们基地看一看。"

2015年12月9日，在江苏连云港中哈物流基地，工人正在装运出口集装箱。

马祖基（时任印尼国会议长）：

习主席具有非凡的领袖魅力

【2013 年 10 月 3 日，习近平主席在印度尼西亚国会发表演讲，首次提出建设 21 世纪海上丝绸之路。这也是印尼国会首次迎来外国元首的演讲。】

"我很早就被中国的发展经验所吸引和激励着。请习主席在国会演讲，就是想让更多印尼民众倾听到习主席这位大国领袖的声音。"回忆起 5 年前的那一刻，时任印尼国会议长马祖基印象深刻。印尼国会特意为这次演讲启用了最为宽敞的四号会议厅，"千余人的大厅座无虚席，同声传译耳机供不应求"。

"习近平主席视野开阔，目光深邃，具有非凡的领袖魅力。当他提出共建 21 世纪海上丝绸之路的时候，全场响起了热烈掌声，由衷地为这一致力于世界和平与发展的伟大倡议叫好。习主席是'一带一路'伟大筑梦者！"

作为资深政治家，马祖基敏锐捕捉到了 21 世纪海上丝绸之路蕴含的巨大机遇。"每个国家都有梦想，印尼作为有众多人口和庞大经济体量的国家，也不例外。但实现梦想不能单干，需要不同国家合作，携手共进。习主席提出的共建 21 世纪海上丝绸之路的倡议，让印尼迎来了珍贵的发展契机。"

在这次访问中，中国同印尼建立全面战略伙伴关系。5 年来，中国和印尼关系快速发展，双方积极对接发展战略。雅万高铁等一批标志性基础设施合作项目扎实推进。

2016 年 1 月 21 日，印尼雅加达至万隆高铁项目（雅万高铁）正式启动，标志着中国和印尼铁路合作取得重大成果。　新华社发（阿贡　摄）

马祖基说，两国友好合作给双方人民带来了实实在在的利益，这都应归功于 5 年前习近平主席那场创造历史的演讲。"我深信，习主席在这次演讲中传递的思想已经在印尼乃至世界产生了广泛影响。"

舒伟雅（时为印尼阿拉扎大学汉语专业学生）：

习主席鼓励我学好中文

【2013 年 10 月 3 日，习近平主席在雅加达参观"中印尼友好"图片展并同两国青年交流。他寄语两国年轻人加强交往，充当友好使者，架起沟通的桥梁。】

"我远远看到习主席走过来。他身材魁伟，步伐矫健，向欢迎的人群挥手致意。"5 年前，正在印尼阿拉扎大学汉语专业学习的舒伟雅，不仅参加了会见，还获得向习近平主席提问的机会。"当时，我非常紧张，但不是因为怯场，而是太高兴了。"

"我鼓起勇气用中文欢迎习主席，他露出了微笑，亲切地看着我。看到他温暖的微笑，我的紧张感顿时舒缓了不少。"舒伟雅告诉记者："这些年我不时回想起习主席接见的温馨一幕，习主席在回答我的问题时表示，中国和印尼共同利益广泛、合作潜力巨大，希望两国年轻人加强交往，当友好使者，架起沟通的桥梁。"

接受记者采访时，舒伟雅特别穿上漂亮的爪哇民族服装，像过节一般隆重。大学毕业后，舒伟雅在巴厘岛一家航空公司工作，担任中国旅游包机的中文翻译，往返于印尼和中国各个城市之间。"习主席鼓励我学好中文，练好本领，当好桥梁和纽带，现在如果有超过一个月没有和中国人交谈，我就一定会想办法寻找其他使用中文的机会。"

舒伟雅平时喜欢看中国电影、电视剧，听中国歌曲。"我最喜欢《月亮代表我的心》，这是我学的第一首中文歌，很浪漫。"

舒伟雅告诉记者，她不仅会终身铭记习近平主席的教诲，还有一个女承母业的梦想："我的女儿3岁，平时最爱看中国的动画片，我想让她将来学中文，为印尼和中国交往交流服务。"

记者　马小宁　管克江　谢亚宏　赵益普

《人民日报》2018 年 9 月 22 日

网友留言

1. 人民日报客户端网友"大新"：人民领袖掌舵牢，大国崛起创未来。

2. 人民日报客户端网友"Dennis"：习主席的"一带一路"倡议，给那些需要发展而又想保持独立自主的国家提供了中国智慧、中国方案。

3. 人民日报客户端网友"人民624300"：2013年秋天，习近平主席出访中亚和东南亚时提出"一带一路"倡议。5年来，在他的亲自谋划和推动下，"一带一路"取得了令人瞩目的成就，这一世纪工程造福各国人民的愿景正在变成现实。为习主席的这一伟大倡议点赞。

4. 人民日报客户端网友"宫赫磊"：习主席的思想和理论影响了全世界爱好和平的人们，"一带一路"倡议，得到全世界爱好和平国家的认同。

5. 人民日报微信公众号网友"肖伟"：总书记是筑梦者，是领路人，指引我们前进的方向！

习近平带着我们"马上就办"

福州福马公路马尾隧道西入口，青山如黛。漫山的相思树下，红色大字组成的巨型标语牌格外醒目——"马尾的事，特事特办，马上就办"。

短短 12 字，生命力却历经近 30 年不衰……

在 1991 年 2 月 20 日的福州市委工作会议上，时任福州市委书记的习近平同志第一次向全市干部明确提出，"要大力提倡'马上就办'的工作精神，讲求工作时效，提高办事效率，使少讲空话、狠抓落实在全市进一步形成风气、形成习惯、形成规矩。"

从那时起，"马上就办"在榕城蔚然成风，成为全体

福州福马公路马尾隧道西入口处的巨型标语牌——"马尾的事　特事特办　马上就办"。

党员干部践行为人民服务这一根本宗旨的具体体现。

金能筹（时任福州市委副书记、福州市市长）：

他提倡今日事今日毕

1990 年 4 月，习近平同志离开闽东山区，主政省会福州。作为首批 14 个沿海开放城市之一，当时福州不但基础设施建设相对落后，办事效率也难如人意。

"经过一番调研，习近平同志决定把改变干部作风作为打开工作局面的突破口。"时任福州市委副书记、福州市市长金能筹回忆，在"硬环境"较难短时间改变的情况下，习近平同志下决心优先提升"软环境"。

"在一次市委机关会议上，习近平同志提出，我们要办的事很多，要为改革开放提供一个良好的软环境，这就需要提倡一种满负荷的精神，反对拖拉扯皮和人浮于事，提高办事效率，做到今日事今日毕。"金能筹说。

1991年1月14日，《福州晚报》上刊登了一则消息——《我们也需要一本"市民办事指南"》，反映了群众对提高机关服务水平的呼声。对于这篇位置并不显眼的文章，习近平同志十分重视，当即指示市委政研室立即着手准备编写"市民办事指南"，并第一时间在报纸上发布消息向群众反馈，前后只用了50个小时。

"通过这样一件小事，人们感受到了一种强烈的信号。"金能筹说。

1991年2月23日，就在市委工作会议上明确提出"马上就办"之后第三天，习近平同志带领福州市有关负责人到马尾，参加省委、省政府召开的福州开发区现场办公会。为呼应上午省委、省政府提出的支持开发区进一步加快发展的意见，当天中午，习近平同志顾不上休息，当场召集福州市有关部门，研究起草福州市贯彻落实省委、省政府要求的12条配套举措。

时任马尾区委办公室科员王峪清晰记得，习近平同志当时特别强调:"要抓住那些急需解决又有能力解决的事进行研究,并且本着'马上就办'的精神,组织实施。"

省里放给开发区的权,市里绝不设卡;市政府每月到开发区现场办公一次;市各主管部门简化审批程序,一揽子解决问题;各有关部门要深入开发区,帮助开发区及投资者排忧解难……12条配套举措的出台,直接催生了首问责任制、办事限时制、红灯呈报制等制度。

2015年2月16日,福州市成立市民服务中心。这是福建省首个独立设置的专门受理与市民衣食住行、冷暖安危相关申请事项的综合办事中心。

"'马上就办'抓准了福州改善开放软环境的要害，让勤政廉政、狠抓落实的精神在全市领导干部中落地生根。"金能筹说，"马上就办"不仅在当时为开发区发展注入了动力，对今天的政府管理创新、职能转变，也是非常有益的实践和探索。

郭永灿（时任福州市委办公厅副主任）：

▼

他亲自抓督查落实

"'马上就办'不是一句简单的口号，它源于习近平同志对人民群众的感情，也是问题导向下产生的一种创造性的执政理念。"时任福州市委办公厅副主任郭永灿说。

郭永灿回忆，习近平同志到任福州后，曾在多个场合叮嘱各级领导干部："我们是人民的公仆，不是主人，不能当官做老爷，摆架子。人民群众的事再小也是大事，党和政府就是要为人民群众排忧解难。"

在理念深入人心的同时，习近平同志逐步探索"马上就办"制度化、规范化、常态化的运行机制。

在 1991 年底召开的一次福州市委机关会议上，习近平同志提出，"马上就办"的关键，是要抓好督查工作，只有督促检查，才能真抓实干，否则就是"稻草人"。

"讲到这里，他放开稿子，又发自肺腑地说，我个人有个习惯，就是不说则已，说了就要过问到底，否则说的话就是废话，不如不说。不要去浪费别人的时间，浪费自己的脑细胞。既然想到这件事，提出这件事，就要办成这件事，办好这件事。"郭永灿回忆说。

为做好督查工作，习近平同志亲自抓市委重大事项的督查落实，并建立起三项督查制度：一是下基层调研督查制度，要求市县两级党政领导，每年至少有 1/3 的时间深入基层调研；二是分工督查制度，对谁负责什么进行制表立项，督查到底；三是定期督查制度，要求相关部门每季度对重要部署、重大项目进行一次检查。

"践行'马上就办，真抓实干'，习近平同志亲力亲为。"1993 年 3 月，习近平同志带领有外商参加的考察团赴河北"内联外引"，洽谈合作。

"他把当地和外商反映的每一个问题都记得很仔细。整整一周的时间，白天考察洽谈，当晚就开会研究，安排分工落实，几乎每天晚上都到凌晨一两点。"郭永灿说。

胡孝辉（时任福州市政府办公厅外经处副处长）：

▼

他推动实行"一栋楼"审批

招商引资，是上世纪 90 年代初期福州最为重要的工作之一。就在习近平同志到任不久，当时分管外经贸的副市长龚雄，把一张 1 米多长、盖了 130 多个公章的宣纸带到了市委常委会上。

"龚雄做了调研，那时外商投资设厂，走完从合同章程审批，到工商、税务、海关、商检登记，再到建设程序审批等一系列流程，需要数月甚至一年以上。开放意识不够，机制流程冗长，这件事给了习近平同志很大触动。"时任福州市政府办公厅外经处副处长胡孝辉说。

1991 年 3 月，在融侨工业区现场办公会上，习近平同志针对福州在招商引资中存在的种种问题，首次提出要采取"一栋楼"办公和有关部门委托代理、上门服务等办法，减少图章和公章旅行。随后，福州外商投资管理服务中心开始在福州温泉大饭店运行。

"一栋楼"具体怎样做？习近平同志拿出了"规划图"。

当年 8 月 8 日，习近平同志在福州市外商投资座谈会上提出，一栋楼实行"一个中心、一条龙"的管理模式，侧重于发挥联合办公、联合招商、联合审批、一个窗口对外、跟踪服务等功能。

8月24日，习近平同志再次在福州市委六届三次全体会议上指出，要继续加强和完善外经"一栋楼"的功能，积极探索按"六个牵头单位、七道环节、一栋楼统一对外"的新程序办事，减少环节，提高办事效率，为外商投资提供优质服务。

胡孝辉说："外经'一栋楼'集结了全市20多个政府部门和社会服务单位，外商可以一口气办完营业执照、税务登记、银行开户等一系列手续，再也不用满城跑了。随着外商投资项目越来越多、金额越来越大，入驻'一栋楼'的部门也越来越齐全。"

"当时，市里成立了外经工作领导小组，习近平同志亲自任组长。他还经常到温泉大饭店去指导工作。"胡孝辉回忆，习近平同志还倡导在市委礼堂举行每月一次的外商投资接待日活动，推动形成了定期现场办公解决企业问题的新机制。

1994年6月，习近平同志召集40多家台资企业和相关部门负责人，在福兴投资开发区召开台商现场办公会。"会上，他明确提出，要定期不定期地召集座谈会听取意见，也要召开像今天这样的现场办公会解决实际问题。"

投资环境的明显改善，推动了福州经济快速发展。从 1990 年到 1995 年，福州市 GDP 从 100 亿元攀升至 400 亿元人民币，增长率远超同期全国平均水平。

陈永辉（时任福州市台江区苍霞街道党工委书记）：

他要求干部急群众之所急

"'马上就办'是一种鞭策。"1999 年，时任福建省委副书记的习近平同志在接受采访时表示："我们不缺好处方，而是没人动手解决，所以我提倡行动至上。理论、方针、政策、部署都有了，就要强化抓落实的力度。"

这样的理念，让当地群众获得感越来越强。

2000 年 7 月 2 日，烈日当空，时任福建省省长的习近平同志没打招呼，来到福州市棚户区连片的苍霞社区。

陈永辉回忆："那天天气特别热，习近平同志又是在下午两点最热的时候来的。当时的街巷窄得连车子都开不进来，他带着大家下车步行，走得满头是汗。"

习近平同志来到正义路 27 号，这是一幢低矮的二层木屋，年久失修，8 平方米的空间挤着唐庆旺一家 7 口人。

上图为苍霞新貌，下图为旧苍霞棚屋区。

帮人宰鸭子为生的唐庆旺当时正在院里忙活。"他笑着朝我走来，让我带他到家里看看。"唐庆旺回忆说。

"他身材高大，头都要碰到房顶了。"在蒸笼一样的木板房里，习近平同志详细询问了唐庆旺一家的生活情况，足足待了半个小时。

从唐庆旺家出来，习近平同志向身边的干部接连发问。那一幕，让陈永辉终生难忘。

"有谁的家人住在这样的房子，举个手！"没有人回答。

"有谁的直系亲属住在这样的房子，举个手！"依然没有人回答。

"大家知道为什么要选在这个时候来棚户区调研吗？就是想让大家亲身体验百姓疾苦，加快棚改步伐。"

随后，习近平同志就近召集相关部门负责人和棚户区居民代表座谈。他说，改革开放已经 20 年了，我们千万不要忘了那些生活条件困难的群众。我们是人民政府，要记得政府前面"人民"二字，要将心比心，雪中送炭，把钱用在急群众之所急的项目上。

走出会场时，他又对围在会场外的群众说，政府一定不辜负大家的期盼，把好事办好。"当时，在场群众掌声雷动。"陈永辉说。

7 月 10 日，习近平同志调研后第八天，苍霞棚屋区改造工程正式拉开帷幕。当年春节，唐庆旺一家就搬进了 60 平方米的新居。次年 5 月 1 日，涉及苍霞社区 3441 户、近万人的回迁安置房全部竣工。

直到今天，唐庆旺对当年的习近平省长仍心存感激。"盼新房盼了几十年，他几个月就让我们住上新房。他提倡的'马上就办'，我们就是最直接的受益者和见证人！"

记者　魏贺　李翔　郑娜　赵鹏

《人民日报》2018 年 9 月 24 日

福建福州篇：习近平带着我们"马上就办"

网友留言

1. 人民日报客户端网友"人民7nk78"：狠抓落实办实事，人民领袖心系全国人民，祖国的明天会更好，更加繁荣！

2. 人民日报客户端网友"rHD2Q"：习近平新时代中国特色社会主义思想来源于实践。"马上就办"的工作精神是习总书记从实践中总结出来的，言简意赅，生命力经久不衰。

3. 人民日报微信公众号网友"LZ仁"：民生都是大事，"马上就办"得民心、顺民意！赞！

4. 人民日报微信公众号网友"小楼春秋"：为马上就办，真抓实干点赞！

5. 人民日报微信公众号网友"Davy"：发展是大事，民生无小事——马上就办！

总书记要我们对标焦裕禄

"中夜，读《人民呼唤焦裕禄》一文，是时霁月如银，文思萦系……"1990 年 7 月 15 日，时任福州市委书记的习近平写下《念奴娇 · 追思焦裕禄》。

多年来，习近平始终强调学习和弘扬焦裕禄精神。他曾动情地说，我们这一代人是深受焦裕禄同志事迹教育成长起来的，焦裕禄同志的形象一直在我心中。

"习近平同志先后 3 次来兰考视察，要求我们学习焦裕禄，对标焦裕禄，让群众更满意，把兰考发展好。我们一定牢记嘱托，人人争做焦裕禄式的好党员、好干部。"兰考县委书记蔡松涛接受本报记者采访时说。

焦守云（焦裕禄的二女儿）：

他进门就说是来走亲戚的

"本来有点紧张，但他进门就说，我是来走亲戚的，听了这话，我一下放松了很多。"焦裕禄的二女儿焦守云说。

2009年春天，在河南调研的习近平专程到兰考县焦裕禄纪念园拜谒焦陵。2014年，在第二批群众路线教育实践活动中，习近平选择兰考作为自己的联系点。同年3月17日，他到兰考实地指导教育实践活动，第一站就是焦裕禄同志纪念馆。

第一次到兰考考察时，习近平专程来到焦家小院，看望焦裕禄的子女和亲属。"他一一询问我们的身体、工作、生活情况，关心'焦三代'的成长。"焦守云说，"他动情地说到，'焦裕禄同志一直是我学习的榜样'，还问'你们认为怎么学习焦裕禄'。"

"第二次见面时，我向他汇报，正在拍一部介绍父亲事迹的纪录片。"焦守云回忆，习近平询问了相关情况，叮嘱随行的中央有关部门负责同志："这部纪录片可作为教育实践活动的教材。"

焦裕禄干部学院。　新华社记者朱祥　摄

2014年3月17日晚，习近平来到焦裕禄干部学院，和兰考县基层服务型党组织建设培训班学员座谈。他说，学习焦裕禄时我上初中，当时政治课老师读报，读着读着便哽咽了，我们听着听着也流泪了。

正是在这个座谈会上，习近平提出了发人深省的"兰考之问"：焦裕禄在兰考工作时间并不长，但给我们留下这么多精神财富，我们应该给后人留下什么样的精神财富？

"百姓谁不爱好官？把泪焦桐成雨。生也沙丘，死也沙丘，父老生死系……"一首《念奴娇·追思焦裕禄》，表达了习近平对焦裕禄由衷的崇敬和立党为公、执政为民的责任担当。

"2014年3月18日，在兰考县汇报会上，总书记给我们诵读了这首词，现场所有人都被深深打动。"时任兰考县委书记、现任开封市委政法委书记王新军回忆说。

陈百行（兰考焦裕禄纪念园管理处主任）：

总书记说"八项规定"受到"十不准"启发

"我也是来学习的。"2014年3月17日上午，在焦裕禄同志纪念馆，习近平对前来参观学习的党员干部说。

纪念园管理处主任陈百行回忆："总书记对每件展品都看得非常认真，走到印有焦裕禄制定的'干部十不准'的展板前，他驻足良久。"

不准用国家的或集体的粮款或其他物资大吃大喝，请客送礼；一律不准送戏票，十排以前戏票不能光卖给机关或几个机关经常包完；一律不准到商业部门、合作社部门要特殊照顾……

"总书记仔细观看修改痕迹明显的'十不准'底稿，

认真听取讲解，并对随行人员说，中央在制定'八项规定'时，曾受到'十不准'的启发。"陈百行说。

2009 年春，在兰考县干部群众座谈会上，习近平把焦裕禄精神概括为"亲民爱民、艰苦奋斗、科学求实、迎难而上、无私奉献"。

再访兰考时，他对焦裕禄精神作出新的论述——要特别学习弘扬焦裕禄同志"心中装着全体人民、唯独没有他自己"的公仆情怀，凡事探求就里、"吃别人嚼过的馍没味道"的求实作风，"敢教日月换新天""革命者要在困难面前逞英雄"的奋斗精神，艰苦朴素、廉洁奉公、"任何时候都不搞特殊化"的道德情操。

不搞特殊化，习近平以身作则。王新军说："总书记在焦裕禄干部学院吃的是大锅菜，四菜一汤，住的是普通学员宿舍，离开时按照标准，交纳了食宿费。"

许静（时任兰考县行政服务中心工作人员）：

总书记要求把老百姓看成父母兄弟姐妹

"总书记要求我们像焦裕禄那样，把百姓当作自己的父母、兄弟姐妹来服务。"4年来，许静把习近平的要求当作座右铭。如今，她已是桐乡街道纪工委书记，被兰考县评为"焦裕禄式的好干部"。

2014年3月17日下午3时，习近平到兰考县行政服务中心考察。许静是办事大厅的工作人员，"总书记满面笑容，非常随和。看到一对新人来领证，他高兴地向他们表达诚挚祝福。"

在服务中心，习近平仔细询问焦裕禄民心热线、县地税局、县财政局、县规划局办事窗口的工作人员，了解工作流程。他与前来办事的群众交流，听到大家为"一站式"服务点赞，脸上露出满意的神情。

看见墙上贴着"服务忌语"："还没上班，谁叫你来这么早？""不知道""你问我，我问谁？"习近平停下脚步，肯定这些"服务忌语"很细很实很有针对性。他说，对人民群众没有感情才会说"忌语"，把老百姓看成父母、兄弟姐妹，就不会说"忌语"。

习近平指出，窗口单位是查摆和解决作风问题的重点部门，要不断改进，使服务更加精细、规范、高效。他叮嘱工作人员，为民服务不能刮"一阵风"，不能虎头蛇尾，不能搞形式主义。

"总书记说，硬件好，固然好，但关键是服务要到位，说到底，要有一颗像焦裕禄一样为人民服务的心。"习近平的这席话，至今仍时时激励着许静。

闫春光（兰考县东坝头乡张庄村村民）：

总书记鼓励我早日脱贫

"总书记就像长辈一样，可随和了。"兰考县东坝头乡张庄村村民闫春光回忆当时情景，仍是一脸幸福。

2014年3月17日下午4时许，习近平来到闫春光家，同一家人唠家常。张庄村是焦裕禄防治风沙最先取得成功的地方。闫春光的奶奶张景枝，曾担任生产队的妇女队长，参与了当年的治沙工程。

闫春光10岁时父亲病故，一直跟着爷爷奶奶生活。10年前，考虑到老人年岁大了，在外打工的闫春光回乡办起了养鸡场，因为缺资金、缺技术，一度遇到了困难。

"总书记一进家门，先看厨房、奶奶的卧室，询问致贫原因，鼓励我早日脱贫；又到客厅，握着我奶奶的手，问她身体怎么样，有没有医疗保险。"闫春光说。

随后，习近平与乡、村干部和村民代表进行了座谈，他说："跟大家面对面交流，能够了解人民群众的真实感受和实际要求，这个目的达到了。"他叮嘱当地干部要切实关心农村贫困家庭，因地制宜发展产业，促进农民增收致富。

2015 年，闫春光申请到扶贫贷款，扩大养殖规模，县畜牧局定期提供技术指导。当年底，闫春光顺利脱贫。如今，他养了 1 万只蛋鸡，卖鸡蛋"每天赚 1000 多元"，还重新装修了房子，添置了家具，他把习近平"家访"的大照片挂在客厅中心的墙上。

去年 3 月，兰考在全省率先摘掉"贫困县"的帽子。

兰考县在 2017 年率先脱贫"摘帽"。这是兰考县黄河滩区扶贫搬迁的谷营镇姚寨新村社区（2016 年 11 月 8 日拍摄）。 新华社记者李博 摄

众多行业龙头企业到兰考投资兴业，为当地注入新的发展动力。

雷中江（兰考县东坝头乡张庄村老党员）：

总书记听我说完带头鼓掌

"别看我今年 80 岁了，总书记来的那天我记得可清楚哩！"张庄村老党员雷中江笑着说。

2014 年 3 月 17 日下午 4 点多钟，习近平在张庄村与干部群众座谈。雷中江坐在他对面。"会议没有主持人，也没摆鲜花和条幅，甚至连瓶水都没给总书记准备。"

座谈开始前，习近平说："请大家讲，我们是来听的。"在听取发言的过程中，他一直认真做着记录。"看得出来，总书记就是想听听基层干部和老百姓的心里话。"雷中江说。

雷中江第一个发言，提了 3 点希望：一是希望群众路线教育实践活动不要搞"一阵风"；二是希望领导干部要向焦裕禄学习，到群众中去；三是希望老百姓的钱袋子鼓起来。

张庄村是焦裕禄防治风沙最先取得成功的地方。如今，张庄村早已旧貌换新颜，在党的领导下，奋力奔小康，共筑张庄梦。

"总书记听我说完，带头鼓起了掌。我自豪得很！"雷中江很激动。

习近平在讲话中指出，作风建设要做好抓常、抓细、抓长的文章。他说，党的群众路线教育实践活动的主题——为民、务实、清廉，与焦裕禄精神高度契合。虽然焦裕禄离开我们 50 年了，但焦裕禄精神是永恒的。焦裕禄精神和井冈山精神、延安精神一样，体现了共产党人精神和党的宗旨，要大力弘扬。

4 年多过去了，当天的情景时常浮现在雷中江脑海。"当年焦裕禄书记通过走访群众，总结出治'三害'的经验；

如今总书记来到我们中间，听基层干部讲，让普通老百姓说，他为弘扬焦裕禄精神作出了最好的表率！"

记者　曹树林　马跃峰　董丝雨　左怡兵

《人民日报》2018 年 9 月 25 日

河南兰考篇：总书记要我们对标焦裕禄

网友留言

1. 人民日报客户端网友"随园主人"：我们党员的初心，不是一句口号，不是一条横幅，是一次次真心实意的为人民服务的具体行动。

2. 人民日报客户端网友"看万山红遍"：焦裕禄代表了真正的共产党人！他为了党和人民的事业，面对各种艰难困苦，身体积劳成疾，直至被病魔吞噬！但是，那份共产党人的伟大而又坚定的信念和不朽的精神，一直在我们的血脉里接续传承！

3. 人民日报微信公众号网友"十八公"：人，是要有一点精神的！榜样的力量是无穷的！焦裕禄精神永远值得我们继承发扬！

4. 人民日报微信公众号网友"123"：焦裕禄是一名真正的共产党人！中国共产党历史上永恒的丰碑！基层领导干部永远的榜样！

5. 人民日报微信公众号网友"宁静致远"：学习焦裕禄，就是要学习他不忘初心、牢记使命，爱党爱人民的崇高品德和忘我的奋斗精神。

习近平带领人民军队从古田再出发

"那天，在红军小号前，在红军军旗前，总书记听完讲解后思考了许久。他对我们说，'历史，往往在经过时间沉淀后可以看得更加清晰。回过头来看，古田会议奠基的政治工作对我军生存发展起到了决定性作用。'"

回顾近4年前的情景，福建省古田会议纪念馆馆长曾汉辉记忆犹新。

2014年10月30日，全军政治工作会议在福建古田召开。习近平总书记带领全体中央军委委员来到古田会议会址，向毛泽东雕像敬献花篮，看望10位老红军、军烈属和"老地下党员、老游击队员、老交通员、老接头户、老苏区乡干部"代表，和基层会议代表一起吃"红军饭"。

习近平总书记在会上强调，发挥政治工作对强军兴军的生命线作用，为实现党在新形势下的强军目标提供坚强政治保证。

环欣欣（时任"硬骨头六连"政治指导员）：

▼

习主席要我们弘扬硬骨头精神

"希望你们全连官兵继续弘扬硬骨头精神，在强军目标的指引下把连队建设得更加过硬！"4年间，环欣欣一直牢记习近平总书记的殷切嘱托。

时任南京军区某红军团"硬骨头六连"政治指导员的环欣欣，代表原南京军区基层官兵参加会议，受到习近平总书记亲切接见。

"中午 11 点半左右，习主席走进餐厅，满面笑容。他与我们 11 名部队基层干部和英模代表一一握手。"环欣欣说，得知我是"硬骨头六连"政治指导员时，他准确说出了连队的驻地位置。

"硬骨头六连"的官兵冒着风雪出发训练。

"真没想到 10 年过去了，他还记得这么清晰！"2004 年 1 月 22 日，时任浙江省委书记的习近平曾到六连视察。

"他说，有机会一定会再到连队去看看。我当时十分激动地表态，请主席放心，我们一定牢记目标，坚定信念，弘扬硬骨头精神，献身强军伟大实践。习主席听后一边称赞，一边紧紧握住我的手。"环欣欣回忆说。

随后，习近平总书记招呼基层代表围坐在一起，共吃"红军饭"。"红米饭、南瓜汤、观音菜、炒烟笋，大家吃得津津有味。"

边吃边谈，习近平总书记为大家讲述了抗日民族英雄杨靖宇的感人事迹。

"习主席语重心长地叮嘱大家说，青年一代是党和军队的未来和希望，革命事业靠你们接续奋斗，优良传统靠你们继承发扬。军队政治工作要大家一起来做，基层做好工作是重要环节。要带头学传统、爱传统、讲传统，带动部队官兵传承好红色基因、保持老红军本色。"

环欣欣告诉记者，近年来官兵普遍反映，部队领导指挥体制更加顺畅高效，结构编成更加充实合理，新型作战力量大大增强，部队建设内外环境更加优化正规，广大官兵追随习主席开创新时代强军事业的信心决心也越发坚定。

巴兴（时任辽宁省军区某团三连政治指导员）：

感受到习主席治军强军的坚定决心

"作风出问题的军队是不堪一击的，还没有听说世界上哪一支腐败的军队能打胜仗。国家一旦有事，军队能不能胜战，直接关系到党的命运、国家的命运、中国特色社会主义的命运、中华民族的命运。"近4年过去，习近平总书记铿锵有力的话语始终萦绕在巴兴耳畔。

古田会议会址。　新华社记者林善传　摄

　　"会议召开之前，我们乘坐飞机从沈阳飞往龙岩，大家唠了一路。当时，我们并不清楚会议具体内容，但回想1929年古田会议在我军历史上的重要地位，就觉得这次会议非同一般。"巴兴说。

　　"习主席同我握手时，我感觉热血瞬间从脚底涌到了头顶。"习近平总书记关切地连问了几个问题："你们边防连队具体位置在哪儿？连队平时与外军的沟通交流如何？"巴兴一一作答。

　　作风和能力，是习近平总书记最关心的两个问题。会上，他对部队中特别是领导干部在思想政治和作风上存在的 10 个方面突出问题做了深刻剖析，明确提出，要把战斗力标准在全军牢固树立起来，作为军队建设唯一的根本的标准。

在担任中央军委主席之后，习近平就曾发出能力之问——在党和人民需要的时候，我们这支军队能不能始终坚持党的绝对领导，能不能拉得上去、打胜仗，各级指挥员能不能带兵打仗、指挥打仗。"这次会议，我们再次感受到习主席治军强军的坚定决心。"巴兴说。

战斗力标准确立了，练兵备战导向明确了，官兵精神振奋了，几年下来，部队的变化让巴兴倍感振奋："整风整改力度比我们预想的更大、更彻底。习主席在朱日和沙场点兵、南海阅兵，更是在不断释放着聚力打赢的强烈信号。毫无疑问，沿着这样的道路阔步向前，实现强军目标指日可待。"

张学东（时任海军 372 潜艇政委）：

▼

没想到习主席一眼就认出了我

吃那顿"红军饭"时，来自海军的基层代表、372 潜艇政委张学东，就坐在习近平总书记的右手边。

"'官兵们好吗？'这是习主席问我的第一句话。"回忆起习近平总书记午餐时给自己夹菜的场景，张学东满脸洋溢着幸福，"习主席一直惦念着 372 潜艇的官兵们。"

2014 年，在海军组织的一次不打招呼的战备拉练中，372 潜艇紧急出航。其间，张学东和他的战友成功处置重大突发险情并圆满完成任务，创造了我国乃至世界潜艇史上的奇迹，荣立一等功。习近平总书记作出重要指示，对海军 372 潜艇官兵群体先进事迹给予充分肯定。

"只要你们带好兵，强军梦就有希望"。听到习近平总书记的殷殷嘱托，张学东动情地说，作为潜艇兵，来不及与父母妻儿道别，就要悄无声息离家远航，这早已成为潜艇人的生活常态，但官兵们以奉献为己任。习近平总书记听后很欣慰，他说，我们就是要培养有灵魂、有本事、有血性、有品德的新一代革命军人，把理想信念的火种、红色传统的基因一代代传下去。

2016 年 7 月 1 日，在庆祝中国共产党成立 95 周年大会上，张学东作为全国先进基层党组织代表，再一次受到习近平总书记的亲切接见。

"没想到习主席一眼就认出了我。他十分关心海军、关心 372 潜艇的发展建设。他勉励我们要再接再厉，为强军目标再立新功。"

"领袖的关怀是鼓舞、是鞭策，更让我们感受到沉甸甸的使命和责任。"张学东说，近 4 年来，部队掀起了前所未有的练兵备战热潮。"仗怎么打兵就怎么练，打仗需要什么就苦练什么，用实战化任务这块'磨刀石'，不断锤炼慑敌制敌的'撒手锏'。"

谢毕真（老红军代表）：

他拉着我的手让我坐在他旁边

"总书记有情有义！他在福建工作时就接见过我。这么多年了，他一直牵挂着我们啊！"今年已经 102 岁的老红军谢毕真说起习近平总书记的关心，赞不绝口。

对闽西革命老区，习近平总书记始终怀着深厚的感情，先后 19 次来到闽西，每次都要专程看望老红军和军烈属等人员，话家常、问冷暖。全军政治工作会议期间，习近平总书记又专门把 10 位老红军、军烈属和"老地下党员、老游击队员、老交通员、老接头户、老苏区乡干部"代表请到古田党员干部教育基地，同他们亲切座谈。

"总书记和我们一一握手，祝我们健康长寿。他拉着我的手，让我坐在他旁边。"谢毕真回忆。

习近平总书记说："闽西，我很熟悉。这是原中央苏区所在地，对全国的解放、新中国的建立、党的建设、军队的建设作出了重要的不可替代的贡献。今天和大家见见面，一起聊聊天，听你们说说心里话。"听了他一席亲切的话语，大家不再拘束，纷纷打开话匣子。

谢毕真第一个发言："现在党中央坚定不移改进作风、惩治腐败、依法治国，政策得民心，老百姓都拥护，大家都铆着劲儿干，日子一定会越过越好！"

习近平总书记点头赞同，他说，我们党是一个拥有8600多万党员（截至 2017 年底，全国党员总数为 8956.4 万名——**注**）的党，不从严治党是不行的，我们一定要防微杜渐，永葆党和军队的生机活力，这就要不断地自我净化、自我完善、自我革新、自我提高。

"长征出发时，闽西子弟积极踊跃参加红军，红军队伍中有两万多闽西儿女。担任中央红军总后卫的红 34 师，6000 多人主要是闽西子弟，湘江一战几乎全师牺牲。"习近平总书记说完，专门叮嘱在座的军地领导，要永远铭记老区人民为革命作出的贡献，永远不要忘记老区，永远不要忘记老区人民。

习近平总书记平实而真挚的话语，赢得阵阵热烈掌声。

　　谢毕真请记者带个话："总书记鼓励我们继续发挥余热，贴心又暖心，我们拼上一把老骨头，也要继续做贡献！"

　　　　　　　　　　记者　倪光辉　魏贺　李翔

　　　　　　　　　　《人民日报》2018 年 9 月 26 日

网友
留言

1. 人民日报客户端网友"宇宙"：必须加强政治理论学习，加强思想建设，只有坚定的正确信仰才能战无不胜！

2. 人民日报客户端网友"和平"：古田精神永放光芒。坚决拥护习主席的强军治军思想！习主席带领我们从古田再出发。

3. 人民日报客户端网友"苏杭嘉"：实现强军目标，建设世界一流军队，实现中华民族伟大复兴的强军梦。

4. 人民日报客户端网友"Dry"：弘扬长征精神，永葆革命热情，新的征程永远在路上！强军建设，卫我华夏！

5. 人民日报微信公众号网友"济南的森林"：古田会议精神是正确的，为我军成长的重要转折点之一，古田会议永放光芒！

总书记心里装着咱老乡

　　"小康不小康，关键看老乡。"2013 年 4 月，习近平总书记来到海南三亚考察，与群众聊家常、话收成，这句暖心的嘱托，一直鼓舞和激励着当地干部群众。

　　回忆起 5 年多前习近平考察的情景，三亚兰德国际玫瑰谷发展有限公司董事长杨莹说，"总书记在考察我们玫瑰谷时，与老乡们握手、合影、聊天，叮嘱我们要努力探索土地增值、农民增收办法。看得出，老乡在总书记心中有着沉甸甸的分量！"

"他对土壤属性非常了解"

"我陪同总书记坐电瓶车穿过玫瑰花田，他看着路边的花田说，'小杨，这都是碱性土地，你怎么种出来的玫瑰？'我当时非常惊讶，他对土壤属性非常了解！"

2013年4月9日下午，习近平来到亚龙湾兰德玫瑰风情产业园考察。杨莹回忆，他问得很细，包括玫瑰的种植方法、品种等。

"总书记，我从上海带玫瑰来这里试种，土都换过了，您都看出来了！"

"看得出来，换过的土能从地表渗出来，能种成玫瑰确实不容易。"

微风徐徐，春光正好，电瓶车行进在玫瑰花田间。途中，习近平要求下车，他走进花田深处，与两位干活的老乡拉起了家常，平时干什么活，家里的土地租金多少，每月工资多少……听到他们对年收入很满意，习近平十分高兴。

"把这三枝嫩芽中的两枝打掉，只留一枝主芽……"黎族老乡高亚庆为习近平介绍了玫瑰的"抹芽"技术，习近平熟练地动手打了五六株。让高亚庆没想到的是"总书记对农活很在行"。

亚龙湾国际玫瑰谷爱心广场。

　　杨莹回忆说，总书记在参观过程中叮嘱她，土地要开发，要增值，才能带动老乡致富，要让玫瑰走向规模化、产业化、现代化。

　　如今，从鲜切花到护肤品、玫瑰饼、玫瑰茶，产业园不断在衍生产品上下功夫，还主动给农民增加了土地租金，从原来每亩 2500 元提高到 3300 元。就地安置的老乡在玫瑰谷工作，每月基本工资两三千元，加上土地租金，一年收入有 3.5 万元左右。

　　兰德玫瑰风情产业园已改名为"亚龙湾国际玫瑰谷"。杨莹说，取这个新名字，就是为了落实总书记的嘱托，增加玫瑰品种，延长产业链，做足"玫瑰文化"特色。

"总书记就像自己家人一样"

习近平从玫瑰花田步行出来后，来到了旁边的鲜切花车间，和正在劳作的工人亲切交流。

"总书记很和蔼，就像自己家人一样。他的手很厚实，脸上一直挂着笑容。"技术员洪世阳说。

当时正在一号桌包装鲜切花的林亚香，回想起当时的场景，脸上洋溢着幸福。"他走到我桌子旁边的时候，停了下来。我当时有点紧张，总书记仔细看后，直夸我包的花很好看。"

在鲜切花车间外，习近平对陪同考察的当地干部说，小康不小康，关键看老乡。要把中央制定的强农惠农富农政策贯彻落实好，加大统筹城乡发展力度，促进城乡共同繁荣，让广大农民平等参与现代化进程、共同分享现代化成果。

"他主动提出和我们合影，大家可高兴了，三步并作两步，迅速围拢到总书记身边。"林亚香说。

"当时大家挤在一起，不知道是谁碰到了我一下，斗笠差点滑下来。总书记看到了，顺手接过了我的斗笠。"玫瑰谷员工李玉梅回忆，"总书记戴上斗笠，大家都笑了，热烈鼓掌，总书记还夸我们黎族的斗笠很有特色。"

海南三亚亚龙湾玫瑰"斗笠大姐"李玉梅在园区内修剪玫瑰（2018 年 3 月 6 日拍摄）。 新华社记者郭程 摄

洪世阳现在一直把和习近平的合影放在电脑边上，他现在已是公司的技术主管，每月工资从 3000 元涨到了 4500 元，"大家一起努力探索玫瑰种植和产品研发，一定不辜负总书记的期望和嘱托。"

这几年，玫瑰谷所在的博后村陆续开了 12 家民宿，吃上了乡村旅游饭。2015 年，村民谭中仙创办的"海纳捷"民宿，如今已有 33 个房间，平时入住率超过 80%，节假日更是爆满。谭中仙说，"总书记考察后，我的民宿更火了，预约电话没断过。"

"农业、农村、农民是我国全面建成小康社会的重点，也是难点。总书记提出'小康不小康，关键看老乡'，这句话一语中的。"海南省委常委、三亚市委书记严朝君说，"以建设玫瑰产业小镇为抓手，博后村村民人均纯收入已由 2013 年的不足 7000 元提高到目前的超过 15000 元。博后村的喜人变化，正是三亚'十镇百村'工程的一个缩影，同时也证明，总书记提出的乡村振兴战略是非常英明、完全正确的。"

总书记顶着烈日看稻田

今年 4 月，习近平在海南考察期间，再次来到三亚。

"那天气温很高，总书记面带微笑，沿着田埂一路走来。"4 月 12 日下午 4 点左右，习近平来到国家南繁科研育种基地考察。三亚南繁科学技术研究院院长柯用春回忆起当时的情形："来到田边，我向总书记介绍水稻新品种展示基地，他询问我们的水稻亩产，还向我们了解水稻'走出去'的情况。"

在蛙鸣鸟啼、稻花飘香的南繁基地，习近平会见了 6 位一线育种专家。"他一眼就认出了中国科学院院士、福建省农业科学院研究员谢华安，走上前紧紧握着他的手说，老谢，你也来啦，农科院现在怎么样了？"柯用春说，看得出，习近平对农业科研领域非常了解，对水稻品种很熟悉。

习近平在了解到我国科研人员培育的杂交水稻屡创世界水稻单产纪录时，露出了欣慰的笑容，他嘱咐现场专家，要把我国种业搞上去，抓紧培育具有自主知识产权的优良品种，从源头上保障国家粮食安全。

"烈日当头，总书记与农业专家讨论育种和粮食安全问题，让我们感到肩上沉甸甸的责任！"柯用春说，"作为南繁基地的农业科技人员，我们要早日把南繁基地建设成'种业硅谷'，为全国老乡奔小康提供技术支撑。"

总书记"知基层懂农民"

今年4月13日上午，习近平来到海口市秀英区石山镇施茶村。

在施茶村志展览馆外墙上，"绿水青山就是金山银山""望得见山　看得见水　记得住乡愁"两幅宣传标牌，与门口怒放的三角梅相得益彰。

施茶村党支部书记洪义乾全程为总书记讲解。"一见面，总书记就问'施茶村的名字是怎么来的'。当我告诉他，村里专门派人到浙江安吉取经，以好生态营造好生活，总书记连说了三个'好'。"

走进施茶村的石斛种植园区，洪义乾捧起一块长着石斛的火山石。"总书记顺手把石头接了过去，仔细端详，

施茶村志展览馆。

对石斛花长在石头上很感兴趣。"洪义乾说，习近平还同正在园中工作的村民亲切拉家常，仔细询问他们的收入和家庭情况。

当时，王朝在园内凉亭卖农产品。"总书记走过来和我握手，一一询问这些产品的名字、用法、功效。他还拿起一枝刚刚开放的石斛花，笑着向大家招手。"王朝说。

"总书记上车前，和前来送行的村民一一握手，现场有200多人呢！"洪义乾回忆，习近平说，乡村振兴要靠产业，产业发展要有特色，要走出一条人无我有的道路，基层党组织要发挥带头作用。"总书记在农村多年，知基层、懂农民，他的话一下子就说到点子上了。"

"总书记充分肯定了施茶村探索出的'企业＋合作社＋

农户'这条致富路",当时陪同考察的海口市委主要负责同志注意到,习近平后背湿透了仍兴致勃勃,看得很细,问得也很接地气。"发展特色产业是乡村振兴战略的关键,总书记有关发展特色产业的指示,为海南农村产业发展规划了科学路径,为海南乃至全国的乡村振兴指明了方向。"

如今的施茶村,石斛种植、"物联网+"农产品销售、民宿经营等都加速发展,人均年纯收入达到 14500 元,还吸引了 30 多名大学生返乡创业。

"下一步,我们要尽快把特色产业做出规模,做出效益,打造一个生态宜居的自然村。"洪义乾说,"总书记 5 年多前提出'小康不小康,关键看老乡',我们施茶村的老乡一定不拖全面小康的后腿,乡亲们都盼着总书记再来村里看看!"

记者　许正中　辛本健　丁汀　王玉琳　宋宇

《人民日报》2018 年 10 月 3 日

海南三亚篇:总书记心里装着咱老乡

网友留言

1. 人民日报客户端网友"周程帅"：总书记就像自己家人一样。

2. 人民日报客户端网友"大新"：十里春风不如你，人民热爱总书记！

3. 人民日报微信公众号网友"张德信"：总书记心里装着老百姓，老百姓一心跟着总书记，撸起袖子加油干！

4. 人民日报微信公众号网友"snow"：总书记说："小康不小康，关键看老乡。"咱老乡要撸起袖子加油干！

5. 人民日报微信公众号网友"涛声依旧"：三亚人民心中也装着总书记，海南人民将和全国人民一起紧跟总书记步伐，共迈复兴征程！

习近平一直惦记着俺们村

"正定是我从政起步的地方，这里是我的第二故乡。"

"我们的宗旨就是为人民服务，有了这份感情，只要在一个地方工作过，就永远不会忘记那里的群众。"

1982年3月，习近平赴河北正定，先后任县委副书记、书记。在正定工作的1000多个日日夜夜，他的足迹遍及全县25个公社、221个大队。

从1991年到2013年，习近平先后6次回到正定。直到今天，正定百姓一提起他，还会亲切地叫一声"老书记"。

朱博华（时任正定县委办公室副主任）：

他解决了百姓吃饭大问题

从上世纪 70 年代起，正定就成了全国有名的农业学大寨先进县。然而，头戴粮食高产县的帽子，却连温饱都没解决。

"粮食征购负担太重。很多老百姓口粮不够，高价粮买不起，只能去外面换山药干充饥。正定是风光了面子，吃亏了里子。"时任正定县委办公室副主任朱博华说。

"如何让老百姓富起来，是习近平到正定后一刻不停思考的问题。"

到正定头两个月，习近平白天下乡调研，晚上研读县志，还专门设计调查问卷，上街向群众发放。习近平很快发现症结所在，立即找到县里主要领导反映情况。

在时任正定县县长程宝怀办公室，习近平直言不讳："正定在经济上是农业单打一，在农业上是粮食单打一。咱们为了交征购，年年扩大粮食面积，压缩经济作物面积，全县的棉花只剩一万亩。现在粮价 30 年不变，小麦 1 毛 2 一斤，玉米 8 分钱一斤。依我看，咱们实际是个扛

河北石家庄正定古城（2017 年 8 月 30 日拍摄）。　新华社发（陈其保　摄）

着红旗的'高产穷县'。不解决高征购，正定的温饱就无从谈起！"

"习近平当时说，咱们的'贡献'越大，农民的收入就越低，这个问题必须解决。他主动提出，要给中央写信，把征购减下来。"程宝怀说。

朱博华回忆，习近平和时任县委副书记吕玉兰跑地区、跑省里、跑北京，中央、省委、地委联合调查组很快来到正定，就征购负担是否过重问题召开座谈会，一致认为习近平反映的情况属实。随后，正定每年的征购粮从7600 万斤核减到 4800 万斤，减幅达 36.8%。

1983 年，正定召开三级干部会，调整种植结构。当年，棉花种植面积就增加到 17 万亩，农业产值翻了一番，农民人均年收入从 148 元涨到了 400 多元，吃饭问题基本得到解决。

朱博华说，"当时群众都在交口称赞，吃饭是天大的事，习书记为老百姓撑起了一片天。"

程宝怀（时任正定县县长）：

▼

习近平说"改革必然海阔天空"

"干不干，八分半""队长一打钟，干活一窝蜂"……为改变分配上搞平均主义、社员出工不出力、生产效率低下的状况，习近平力推农村改革。

一天晚上，习近平来到时任正定县县长程宝怀办公室，他开门见山："程县长，最近你注意报纸没有？安徽和四川正在搞'大包干'，咱们县能不能选个经济相对落后的公社搞个试点？"

"当时中央没文件，河北省委没精神，石家庄地委领导没讲话，在这个问题上冒尖，政治风险很大，但习近平态度坚决。他说，改革必然海阔天空，守旧未必风平浪静。'大包干'是大方向，也是调动农民积极性的好办法，迟早都要搞。"程宝怀至今仍对习近平当年的改革勇气充满敬佩。

1982 年 4 月，习近平召集县委农工部的干部开了个"闭门会"，交给他们一个"秘密任务"：去凤阳，把小岗村的经验带回来。

根据习近平的意见，正定选择了离县城较远、经济发展比较落后的里双店公社进行"大包干"试点。"我们把公社书记找来，强调了三条原则：一是要广泛征求群众意见；二是在分配土地时，远近搭配、好次搭配；三是不能跨队分地。"程宝怀说。

混工分、磨洋工成了历史，不到一年时间，"大包干"试点取得成功。里双店公社农业产值翻了一番，农民年人均收入由 210 元增加到 400 多元。"我家大瓮里的粮食满满当当，来参观的人络绎不绝，全村老少都念习书记的好！"里双店公社厢同大队会计钱贵香忆起当年情景，至今仍激动不已。

在习近平倡导下，1983 年 1 月，正定在河北开创先河，全面推行包干到户责任制办法，提出土地可以分包到户，在经营管理上坚持宜统则统、宜分则分。

1984 年 1 月 22 日，习近平冒着严寒来到西柏堂村，为 500 多名社员宣讲当年中央 1 号文件。时任西柏棠公社党委书记赵建军回忆："习书记讲得很细致。他告诉大家，文件规定了延长土地承包期。这彻底打消了乡亲们的顾虑，很多社员很快制定了增加投资、改良承包田的方案。"

随着"大包干"的深入推进，正定农业生产力迅速提高。1985 年，全县农业总收入达到 4.3 亿元，比 1982 年翻了近两番。

王玉廷（时任正定县委组织部长）：

他心里想的都是百姓利益

"人民对美好生活的向往，就是我们的奋斗目标。"这是习近平总书记作出的庄严宣示。

"他的工作一直贯穿着这样的理念，在正定也是这样。大事小情，心里想的都是百姓利益。"时任正定县委组织部长王玉廷说。

1983 年，担任县委书记后不久，习近平提议出台了《中共正定县委关于改进领导作风的几项规定》，又明确提出："一定要树立求实精神，抓实事，求实效，真刀真枪干一场。"

解决民生难题，习近平带头行动：部署全县学校危房大普查，并拿出自己 3 个月工资资助北贾村小学；1984 年 4 月，在习近平反复协调下，石家庄至正定的 201 路公交车开通了，正定成为全市第一个通公交的县……

"当时，干部们都感受到了一种实干的氛围。"王玉廷说。

针对正定紧邻省会的区位特点，习近平深入调研，确定了"半城郊型"经济发展路子。

"依托城市，服务城市，大搞农工商、农民变工人、离土不离乡""城市需要什么，我们就种什么；城市需要什么，我们就加工什么"……1984年2月，习近平召开会议专题研究经济。"半城郊型"的提法，让在场干部耳目一新。

1984年4月23日，正定县出台《从实际出发，积极探索有正定特色的"半城郊型"经济发展道路方案》。种植业怎么充分利用空间，养殖业怎么形成合理食物链，工业怎么大力发展，商业服务业重点发展哪些行业，一目了然。

在实践中，习近平总结出发展"半城郊型"经济的"二十字经"：投其所好，供其所需，取其所长，补其所短，应其所变。不久，连接正定与石家庄的滹沱河大桥热闹起来，一辆辆满载农副产品、建筑材料、手工制品的车辆，从县城涌向市区，川流不息。

通过走"半城郊型"经济发展的路子，正定实现了"利城富乡"。1984年工农业总产值、农民人均收入等9项指标比1980年翻了一番，粮食总产、社会商品零售总额等

10 项指标创下历史新高。

"这是正定历史上第一个总体性的经济发展规划，至今仍对正定发展起着至关重要的指导作用。"王玉廷说。

赵桂林、尹计平

（先后担任正定县塔元庄村党支部书记）：

▼

他按约定回村看望乡亲们

正定县塔元庄村，坐落在滹沱河北岸、距县城西 4 公里处。30 多年来，习近平一直牵挂着这个有着 500 多户人家的村庄。

1984 年夏天，习近平骑自行车来到这里，查看"大包干"情况。时任村党支部书记的赵桂林回忆："习书记直接到了地里，详细询问粮食种植情况，还鼓励大家用好政策，大力发展第二产业，搞好农副产品深加工，实现多次增值，增加村民收入。"

落实习近平确立的发展思路，塔元庄的面貌变了，米袋子足了，钱袋子鼓了，还在全乡第一个通上了自来水、第一个搞了村庄规划。

2008 年 1 月 12 日，时任中共中央政治局常委、中央书记处书记的习近平重回塔元庄，沿着正在改造的村路，与接任村党支部书记的尹计平边走边聊。

"得知我们正在实施旧村改造，计划用三到五年让全

上图为河北正定县塔元庄旧貌（资料照片）；下图为河北正定县塔元庄新貌（2017 年 11 月 25 日拍摄）。　新华社记者牟宇　摄

部村民住进楼房，他特别嘱咐要征求老百姓意见，得到大部分人的同意才行；一定要规划好，严格按照图纸施工，不要随意改变。他说，我五年后一定再来看看。"尹计平说。

"须思官场吃喝一席宴，必耗民间劳苦半年粮。"在村委会党员活动室的一副对联前，习近平一字一句缓缓念出。"他说，这副对联写得好，时刻警醒我们，一定要严格自律，多关心百姓疾苦。"

尹计平清晰记得习近平临上车时的殷切嘱托："火车跑得快，全靠车头带，希望你们发挥好战斗堡垒作用，带领群众早日奔小康。"

习近平遵守了约定。2013年7月11日，正定人民的"老书记"再回塔元庄村。得知80%的村民都住上了楼房，他连连称赞，没想到变化怎么快、这么大！

在召开座谈会时，习近平总书记说，这里我很熟悉，当年下乡就骑自行车来。今天就是来听大家意见的，看看乡亲们，接接地气，充充电。"总书记一直惦记着俺们村，一席话，说得大伙儿心里暖暖的，纷纷打开了话匣子。"赵桂林说。

习近平总书记对塔元庄村提出了新要求："你们要在全国提前进入小康，把农业做成产业化，养老做成市场化，旅游做成规范化。"

"30 年，习近平领着俺们走上了致富路。这份情，乡亲们心里永远都记着！"尹计平说，如今，塔元庄村人均年收入超过 2.1 万元，村集体收入从 20 多万元增加到 1000 多万元。

记者　魏贺　李翔　邝西曦　张志锋
《人民日报》2018 年 10 月 4 日

河北正定篇：习近平一直惦记着俺们村

网友留言

1. 人民日报客户端网友"年轻人多学习"：人民群众向往的幸福生活，就是我们的奋斗目标。给习大大点个赞！

2. 人民日报客户端网友"＊不忘初心＊"：习主席对基层的热爱，对老百姓的牵挂真真切切，感人心田！习主席的这种热爱、牵挂源于他在基层认认真真的工作经历！

3. 人民日报微信公众号网友"我型我秀"：心里装着老百姓，为主席点赞！

4. 人民日报微信公众号网友"枫之白桦"：人民群众的需要，就是共产党人的奋斗目标。

5. 人民日报微信公众号网友"舜华"：总书记心系乡亲，心系第二故乡！

总书记带领我们"精准脱贫"

中午时分，十八洞村"巧媳妇"农家乐又热闹起来。

这个农家乐是村民施成富的老宅，以前"雨天在屋里还要打把伞"，如今早已修葺一新。门前空地对着山谷，视野开阔。空地上搭着凉棚、挂着灯笼，十来张小桌前坐满游客。"最多时一天有 200 多人。"施成富喜上眉梢。

2013 年 11 月 3 日，习近平总书记来到湖南省湘西州花垣县十八洞村考察，正是在施成富家门前空地上召开了座谈会，"同大家一起商量脱贫致富奔小康之策"。

在这里，习近平总书记首次提出"精准扶贫"，明确要求"不栽盆景，不搭风景""不能搞特殊化，但不能没有变化",不仅要自身实现脱贫,还要探索"可复制、可推广"的脱贫经验。

4年多过去,记者来到十八洞村,实地探访精准扶贫的生动实践。

总书记握住老人的手说"你是大姐"

"该怎么称呼你?"石爬专老人问。

"这是总书记。"村委会主任介绍。

习近平总书记握住老人的手询问年纪,听说老人64岁了,总书记说:"你是大姐。"

说起当时场景,石爬专老人笑得眼睛眯成一条缝。

2013年11月3日,习近平总书记来到十八洞村,首先走进位于村口的石爬专老人的家。

"那天来了好多人,我也不晓得来的哪个,家里那时也没有电视。没想到来的是总书记!"石爬专老人回忆,总书记问,这是不是你屋?我讲是的。总书记问,可不可以进屋坐坐?我高兴得赶紧拉着他的手往屋里走。

"进屋后,总书记看了粮仓,问我粮食够不够吃?种不种果树?养不养猪?他还走到猪栏边,看我养的猪肥不肥。"石爬专老人说。

年近七旬,讲起4年多前的细节,老人记忆十分清

湖南湘西花垣县十八洞村（2017年1月16日拍摄）。 新华社记者范军威 摄

晰。在堂屋最显眼的地方，挂着习近平总书记和大家围坐交谈的照片。"感谢我们的总书记！那会儿家里唯一的'电器'就是一盏节能灯。现在日子好了，人也精神了！"

老人掰着手指算了一笔账：去年卖腊肉收入5000元，村里的猕猴桃产业分红2000元，低保收入有近千元。"总书记来我家后，不少游客都会到这里看看，我家里卖些苗族文化的书籍和一些土特产，去年也有8000元收入呢！"

现在，家里有了电视机，每天打开电视，她先看看有没有总书记的报道。村里这些年的变化，老人看在眼里，喜在心里。今年春节前，她请回村的大学生给总书记写了一封信："村里的日子越来越好了，乡亲们的笑脸更多了。这些年我们吃得好住得好，大家都盼望您再回村里看看……"

总书记让我婆上"巧媳妇"

"总书记比我高出一个头。"在"巧媳妇"农家乐，81岁的施成富和老伴龙德成激动地向游客讲述习近平总书记来到他们家的情景。

"那天总书记来，看得特别细。"施成富回忆，"他翻开铺盖，拍了拍被子；打开米缸，看看里面有多少米；用手敲敲谷仓，听声音是不是满的；还特意看了厨房和厕所。"

在施成富家门前空地上，习近平总书记同聚拢来的村干部和村民拉家常、话发展。总书记深情地说，我这次到湘西来，主要是看望乡亲们，同大家一起商量脱贫致富奔小康之策，看到一些群众生活还很艰苦，感到责任重大。

施成富的小儿子施全友当时正在外打工，那天下班后，从电视上看到习近平总书记到了自己家里，非常激动，连夜登上了回家的火车。

"感觉家乡发展的机会到了！"施全友说。经过筹划，

施成富老两口在家里熏着腊肉。

他开起了十八洞村第一个农家乐——"巧媳妇"，地道的农家饭，价廉味美，几乎天天都有游客上门。

在"巧媳妇"带动下，如今，十八洞村已有 9 家农家乐，去年接待游客超过 26 万人次。

那天在座谈中，村民们告诉总书记，除了贫困，村里光棍汉多，娶不上媳妇。总书记勉励大家，要加油干，等穷根斩断了，日子好过了，媳妇自然会娶进来。一席话，听得大伙儿都笑了。

2015 年元旦，日子好起来的施全友，真的娶回了重庆姑娘孔铭英。"总书记让我娶上了'巧媳妇'！"施全友说。

2016 年全国两会期间，习近平总书记参加湖南代表团审议时，又专门询问了十八洞村大龄青年"脱单"问题。

"这些年，村里已有 20 多对新人喜结连理，喜事一件接着一件。"十八洞村老支书杨五玉说。

总书记要求脱贫经验"可复制、可推广"

"就是在这里，总书记第一次提出了'精准扶贫'战略思想。"在施成富家门口，时任十八洞村党支部第一书记的施金通和大家搬来桌椅，还原当时的画面。

回忆起那天给总书记当"向导"的场景，施金通仍激动不已。"那天中午还下着大雨，我们都非常着急，担心会有什么变化。"施金通说，下午 3 点多，雨停了，太阳出来了。4 点刚过，习近平总书记满面笑容，健步走下车。人群中有人喊了一句："习近平总书记来看望大家了！"顿时，聚到寨口的村民爆发出热烈掌声。

"总书记提了十六个字的要求：实事求是、因地制宜、分类指导、精准扶贫。"施金通说，总书记的话说在点上，我们理解，关键是"精准"二字。村里决定，先从精准识别开始，这在当时还没有先例。

"户主申请，群众投票识别，三级会审，公告公示，乡镇审核，县级审批，入户登记"——十八洞村摸索出精准识别贫困户的"七步法"。

"家里有拿工资的不评，在城里买了商品房的不评，在村里修了三层以上楼房的不评……"——十八洞村总结出筛选贫困户的"九不评"。

"七步法、九不评"精准识别出贫困人口542人，家家户户都服气。这也为全国其他地方提供了重要经验。

"总书记在我们这里提出'精准扶贫'思想，他鼓励我们探索，要求脱贫经验'可复制、可推广'，我们深感使命光荣，责任重大。"花垣县委书记罗明说，"我们必须拿出经得起历史检验的脱贫成果，做到真脱贫、脱真贫，这样才能不辜负总书记的期望，不辜负人民群众的期待。"

总书记不让"搞特殊化"

"总书记在座谈时强调，发展是甩掉贫困帽子的总办法，贫困地区要从实际出发，因地制宜，把种什么、养什么、从哪里增收想明白，帮助乡亲们寻找脱贫致富的好路子。"罗明说，"总书记讲得非常实，在教我们怎么做工作，让我们心里一下子亮堂了！"

"为了把种什么、养什么、从哪里增收想明白，村里琢磨了3个多月。"施金通指着环绕村寨的大山说，抬头是山，低头是沟，人均耕地0.83亩，种什么？在哪里种？县里村里颇费思量，不约而同想到了当地特产——猕猴桃。

远赴武汉拜访中科院武汉植物研究所，引来先进的猕猴桃种植技术；探索发展"飞地经济"，在十八洞村之外的道二乡流转土地 1000 亩，邀请县里苗汉子专业合作社与十八洞村共建猕猴桃基地。

"最难的还是资金问题。"罗明说，"找上级财政也能获得支持，但总书记专门叮嘱我们，不能因为他来过了就搞特殊化。"

十八洞村村民看见猕猴桃挂果，开心地笑了。

市场的问题就用市场的办法解决。大家集思广益，想出一个妙招：扶贫款不直接发给贫困户，而是集中起来，参股苗汉子专业合作社，贫困户每年都有分红。这样既解决了合作社的资金问题，也保证了贫困户有长期稳定的收入，提高了扶贫资金使用效率。

"已有公司找上门，签了销售合同。猕猴桃 3 年挂果，2018 年进入盛果期，每亩产量大约 5000 斤，按每斤 5 元的保底价计算，净利润可达 2 万元，分红到人头，每人每年最多可拿 1 万元。"施金通越说越兴奋。

除了猕猴桃，十八洞村还有黄牛养殖、乡村旅游、劳务经济和苗绣等产业，这些都为整村脱贫提供了有力支撑。去年，村里人均收入突破 1 万元。

2016 年 11 月，十八洞村向镇里递交了退出贫困村申请书。2017 年 2 月，湖南省扶贫办宣布十八洞村脱贫摘帽。

总书记鼓励我们"没有迈不过去的坎"

"总书记那天的重要讲话，我印象最深、感受最多的，就是脱贫致富贵在立志，只要有志气、有信心，就没有迈不过去的坎。"时任县委派驻十八洞村精准扶贫工作队队长龙秀林感慨，"这真是说到大家的心坎上了！"

"总书记太熟悉基层情况了，一下就抓住了关键。"龙秀林说，"刚驻村那会儿，有村民直接问扶贫工作队，你们准备给我们发多少钱？说实话，十八洞村要脱贫，最缺的不是钱，而是从根本上改变'等靠要'思想，激发内生动力。"

如何激发内生动力？长期在宣传部门工作的龙秀林还真有一套。他和工作队同志琢磨出"村民思想道德星级化管理模式"：对全村16周岁以上的村民，从支持公益事业、遵纪守法、家庭美德等6个方面进行公开投票，按得分多少评出不同星级，对星级较高的村民给予表彰。

"更重要的是面子问题，星级低了，面子上挂不住。这样大家就会你追我赶，谁也不希望落后。"村里的退休教师杨东仕告诉记者。

几年前，村里电网改造，电线杆要立在一户村民的田里，他坚决反对。那次评选，这位村民因不热心村里公益，只得了60多分。两星级农户的标牌挂在门上，他很不自在。从那以后，他几乎换了个人，不仅积极参与村里各项公益事务，帮着村支两委开展工作，还主动为游客当起了免费导游。

"如今，对于村里的公益事业，斤斤计较的少了，主动参与的多了，大家的精气神全提起来了。"龙秀林说，村头"农家书屋"里，《冬桃病虫害的预防与治理》《科学养羊》等书籍成了抢手货，没有人再拿着扶贫款去赌博或买酒喝了。

"鸟儿回来了，鱼儿回来了，打工的人儿回来了，人的心儿也回来了。"村民们打心眼里感谢总书记，他们说，是总书记让十八洞村彻底变了！

记者　汪晓东　张炜　颜珂　赵丹彤

《人民日报》2018 年 10 月 5 日

湖南十八洞村篇：总书记带领我们"精准脱贫"

网友留言

1. 人民日报客户端网友"人民 YP1ev 青柳"：如能巧精准，定可脱好贫。千事万事在人为，关键干劲与决心。有了习总书记好领导，高唱凯歌向前进！

2. 人民日报微信公众号网友"Childe"：在总书记的带领下，我们全面步入小康社会指日可待。

3. 人民日报客户端网友"女宛"：脱贫致富向来是总书记工作的重中之重，乡亲们幸福与否时时刻刻都为他所牵挂。

4. 人民日报微信公众号网友"李贺"：精准扶贫才能带领乡村振兴，才能实现全面小康！大力支持党的扶贫扶弱政策。

5. 人民日报微信公众号网友"丛中笑"：精准扶贫，助民脱贫。以人为本，赢得民心！

总书记始终关心"闽宁协作"

贺兰山东麓的宁夏回族自治区永宁县闽宁镇，红瓦白墙，绿树成荫，农家小楼鳞次栉比，田间地头笑语欢声。

"都是因为总书记亲自推动的闽宁协作，才有了我们今天的好日子！"原隆村村民海国宝感慨万千。

1997年，时任福建省委副书记的习近平来到宁夏，调研对口帮扶工作，部署"移民吊庄"工程（把贫困地区群众整体跨区域搬迁——**编者注**），创造了东西部协作发展的崭新模式。

"闽宁镇探索出了一条康庄大道，我们要把这个宝贵经验向全国推广。"2016年7月，在宁夏考察工作的习近平总书记看到闽宁镇的喜人变化,"打心眼儿里感到高兴"。

日前,本报记者来到闽宁镇,听当地干部群众讲述发生在他们身边的巨大变化。

"他太了解我们最需要什么了"

"那天早上 10 点多,看到总书记来,感觉就像做梦。"回忆起两年前的场景,海国宝仍然难抑激动,"感谢的话千言万语,一下子却不知从何说起!"

2016 年 7 月 19 日,习近平总书记来到闽宁镇考察,到海国宝家中看望,与村民代表座谈。

"总书记先问我厨房在哪,说想去看看。"海国宝回忆,"他走进厨房,先拧开水龙头看了看,又走到灶台边,问锅里炒的什么菜,说闻上去香得很。"

"我们这个地方,最缺的就是水。总书记一来就先拧水龙头,他太了解我们最需要什么了!"海国宝十分感慨。

"吊庄"搬来闽宁镇前,海国宝一家住在固原市原州区上青石村,山大沟深,常年缺水,只能等雨耕种,小麦亩产不到 150 公斤。搬进新家,海国宝第一件事就是去拧水龙头,看到有水,心里便有了底。现在,海国宝家还装上了净水器。

除了水，海国宝的另一个"心病"是娃娃上学。

"过去娃娃上学路远，一般八九岁才上学。从山里搬出来，也是想让娃娃们有好的教育，不能再吃没文化的苦。"海国宝说，到了这儿，娃娃们上学都在村口，几分钟就走到了。

2002年8月，时任福建省省长的习近平出席闽宁协作第六次联席会议，启动实施"闽宁万名失学儿童救助工程"。2008年春天，时任国家副主席的习近平到宁夏考察，对教育扶贫作出重要指示：兴办更多的希望小学，让更多的儿童重回校园。

"总书记是真心牵挂咱老百姓的生活。他一路都在问我们的收入、就医、孩子上学以及村里基础设施等情况。"县里同志深情回忆。

"他抓的工作件件得人心"

"总书记得知1997年闽宁村刚开工建设我就来了，便让我形容一下当时的情景。我给他说了一段顺口溜：空中不飞鸟，地上不长草，风吹沙砾满地跑。"时任"闽宁村"支书的谢兴昌清晰记得两年前和习近平总书记交流的情形。

那天上午，在海国宝家客厅，总书记和村民代表们围坐一起拉家常。总书记深情回忆：1997年那次到宁夏，他被西海固的贫困状况深深震撼了。到了上个世纪 90 年代，还有这么穷的地方，他心里受到很大冲击。看了以后，贯彻党中央决策部署，他下决心推动福建与宁夏开展对口帮扶。

上图为宁夏银川市永宁县闽宁镇建设初期的资料照片；下图为宁夏银川市永宁县闽宁镇原隆村新貌（新华社记者王鹏　摄）。

"那次考察中，我们都感到，他抓的工作件件得人心。"县里同志说，一是"坡改梯"，增加耕地面积；二是发展马铃薯生产，加工成饲料卖给东部地区用来饲养鳗鱼，带动人均增收200元左右；三是抓井窖工程，解决群众生活用水问题。

意义最重大、影响最深远的事情，就是部署推动"移民吊庄"工程，把西海固一带的贫困群众整体搬迁。习近平亲自将永宁县的生态移民点命名为"闽宁村"，创造了东西部协作发展的新模式。

"今日的干沙滩，明日要变成金沙滩。"习近平坚定地说。1997年7月15日，"闽宁村"在一片戈壁上破土动工。奠基当天，习近平专门发来贺信。

"正是这封贺信，坚定了我搬出山沟沟的决心。"谢兴昌说，"搬到这里20多年，生活每天都在发生新变化。"

"总书记要我们先富帮后富"

"我是半个福建人，半个宁夏人。我人生最好的时光都留在了宁夏，这里是我的第二故乡。"63岁的闽商柯允君，一年有80%左右的时间在宁夏，转眼就是20年。

柯允君是宁夏日盛高新产业股份有限公司董事长，1997年，他作为11位闽商代表之一，参加了时任福建省委副书记的习近平主持召开的闽宁协作第二次联席会议。

"习近平希望我们把福建的先进理念和优质项目带到宁夏，鼓励更多福建企业家到宁夏投资发展。"柯允君至今记得习近平当年的嘱托，"要沉下心去，扎扎实实地干"。

那次会议后，柯允君决定把事业重心转到宁夏。他专门请人设计了一座寓意"东西合作、闪出火花"的不锈钢雕塑，立于宁夏的公司门前。如今，他的公司已成为亚洲最大的发泡剂和水合肼生产企业。

集力聚资，打造样板村，让移民迁得出、稳得住、致得富，是习近平当年提出的要求，更是对广大移民的庄重承诺。

2016年7月，习近平总书记在闽宁镇考察时强调，当地企业在加快自身发展的同时，也要在产业扶贫过程中发挥好推动作用，先富帮后富，实现共同富裕。

闽宁协作给很多企业带来了机遇。"总书记要我们先富帮后富"，老家在福建晋江、从事葡萄酒行业的陈德启回忆说。事实上，闽宁协作也给很多企业带来了新机遇。陈德启2007年到宁夏发展，11年过去，曾经一望无际的戈壁滩，如今在他的手中变成10万亩有机葡萄生态产业园。

"移民村有3000多村民在我的酒庄打工，其中不少是原隆村建档立卡的贫困户，他们的月收入在3000元以上。

公司还安排免费培训，掌握技术的工人月收入可达 5000元。"陈德启说。

"他对菌菇种植非常了解"

"每当想起总书记那句'希望你们家生活越过越好'的祝福，我就信心倍增，一定要用自己的双手把日子经营得红红火火！"原隆村村民何利霞看着大棚里的菌菇，眼里满是憧憬。

2016 年 7 月 19 日上午，习近平总书记来到位于原隆村的光伏农业产业示范园，何利霞正在尖椒大棚里忙碌。

哪一年移民过来的，收入怎么样，老家还有哪些人，孩子们怎么样……总书记问得很详细。

"我是 2014 年搬迁过来的，现在月收入 2100 元，土地流转费每年 1800 元，年底还有 1 万元分红，老家没人了，孩子们都从山里搬出来了……"何利霞激动地向总书记汇报。

万军红也是 2014 年搬迁到闽宁镇的，老人年迈、爱人残疾，他是家里唯一的劳力。移民闽宁镇后，万军红经村干部介绍，到农业科技大棚打工，现在已经成了菌菇种植的能手。

"我当时正在蘑菇大棚里工作，总书记问我，菌棒从

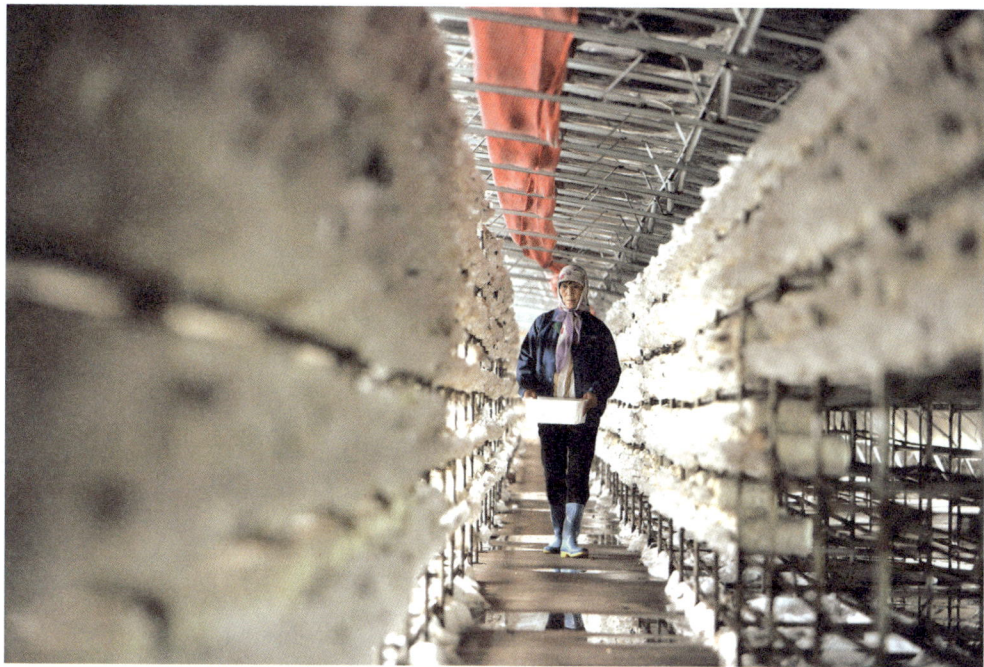

宁夏银川市永宁县闽宁镇原隆村村民卜芳在光伏温棚内查看食用菌生长情况
（2018 年 8 月 17 日拍摄）。　新华社记者刘军喜　摄

哪里引进的？一个菌棒能卖多少钱？看得出来他对菌菇种植非常了解！"万军红回忆。

这几年，何利霞和万军红各自承包了一个香菇棚，从打工仔变成小老板，年收入翻了一番。

"总书记看到我的眼镜片很厚，还关切地问我是否影响工作，当时我眼睛一热，泪水直在眼眶里打转！"万军红说，去年 12 月，他在银川做了手术，视力基本恢复正常，手术费报销了一大半。"政策这么好，今后我更要好好干，不辜负总书记嘱托。"

园区负责人杨广平介绍，目前园区大棚近 600 栋，安置移民群众就业 350 多人，其中移民返租倒包大棚 200 多栋，每栋棚年收入可达 5 万多元。

"总书记要我们把宝贵经验向全国推广"

"2016 年 7 月 19 日上午，我们在闽宁镇光伏产业园门口迎接总书记到来。总书记和我握完手后还问了一句：你就是闽宁镇的党委书记吧？"现已调任望远工业园区党工委书记的钱冬回忆当时的情景，历历在目。

"总书记来之前我心里很紧张，但看到总书记后，紧张感一下就消失了。他始终面带微笑，非常平易近人。"钱冬说，"闽宁镇是他命名的，20 年来，他一直关心这里的建设和发展"。

20 多年来，闽宁镇已从 8000 多人的贫困移民村，发展成为 6 万多人的"江南小镇"；全镇农村居民人均可支配收入由 1996 年的不足 500 元，增加到 2017 年的 11976元，增长了 20 多倍。"闽宁村"奠基时所在的福宁村，年人均可支配收入更是超过 17000 元。

"听完我的汇报，总书记很欣慰，他在福宁村新旧对比图片前停留了许久。"钱冬说，1996 年，福宁村没有公路也没有树木，现在，它已成为一个现代化小镇，街道、学校、绿化等都一应俱全。

"总书记说，福宁村代表福建和宁夏的协作探索，代表两个省区结对帮扶取得的成果。"钱冬说，总书记的话语饱含着殷切的期望。

"2016 年来闽宁镇考察后，总书记要我们把宝贵经验向全国推广。"钱冬说，"我们一定会按照总书记的要求，进一步加快脱贫奔小康的步伐，争取为全国的脱贫攻坚创造可复制可推广的经验，不辜负总书记的期待！"

记者　张炜　朱磊　董丝雨　宋静思

《人民日报》2018 年 10 月 6 日

宁夏闽宁镇篇：总书记始终关心"闽宁协作"

网友
留言

1. 人民日报微信公众号网友"祝登甲"：人民安康、百姓幸福是发展的根基。

2. 人民日报客户端网友"人民 Y2RAz"：闽宁协作成果丰，总书记务实好作风。翻天覆地大变化，人民心中暖融融。

3. 人民日报客户端网友"人民 qzC4w"：为闽宁两地的扶贫攻坚结出丰硕成果和闽宁镇踏上致富道路的人们点赞！为总书记对贫困地区人民的真切关怀和务实创新精神感到由衷地钦佩！

4. 人民日报客户端网友"夕阳红"：闽宁协作结硕果，总书记亲临作指导。"移民吊庄"新模式，精准脱贫步步高！

5. 人民日报客户端网友"中原信·文雅"：总书记真是日理万机，事无巨细，废寝忘食。请总书记保重好身体，带领中国人民奔向民族伟大复兴的光明大道。

习近平致力倡建"人类命运共同体"

当地时间 7 月 26 日，约翰内斯堡。南非总统拉马福萨在金砖会晤上畅想金砖第二个"金色十年"的宏阔蓝图："共同走向人类命运共同体更加光明的未来。"话音刚落，掌声四起。

此刻，距离党的十八大后习近平总书记首次提出"人类命运共同体"，5 年多过去了。

昼夜星驰、风云变幻，人类面临百年未有之大变局。关键时刻、十字路口，有踟蹰彷徨，有逆流而动，也有勇毅前行。

"共同构建人类命运共同体"——习近平总书记提出

的中国方案，蕴含着传承千年的中国智慧，指明了人类文明的前进方向。

唯有凝聚共识的思想，方有拨云破雾的穿透力；唯有洞察未来的远见，方有指引前行的感召力。习近平总书记提出"共同构建人类命运共同体"，显示出卓越政治家和战略家的高瞻远瞩和宏大视野，成为中国引领时代潮流和人类文明进步的鲜明旗帜。

向世界传递清晰明确信号

回放：2012 年 12 月 5 日；北京，习近平总书记同在华工作的外国专家代表座谈

讲述：日本核物理学教授谷畑勇夫

作为世界核物理学界的领军人物之一，谷畑勇夫从日本来到中国，选择在北京航空航天大学任教，每天穿梭于课堂和实验室。座谈会安排在中国召开党的十八大后不久举行，谷畑勇夫同许多外国专家都有预感："习近平希望通过与外国专家的交流，向世界传递更加清晰明确的信号。"

座谈时，习近平指出："我们的事业是向世界开放学习的事业""国际社会日益成为一个你中有我、我中有你的命运共同体"。谷畑勇夫作了认真记录，这些令他印

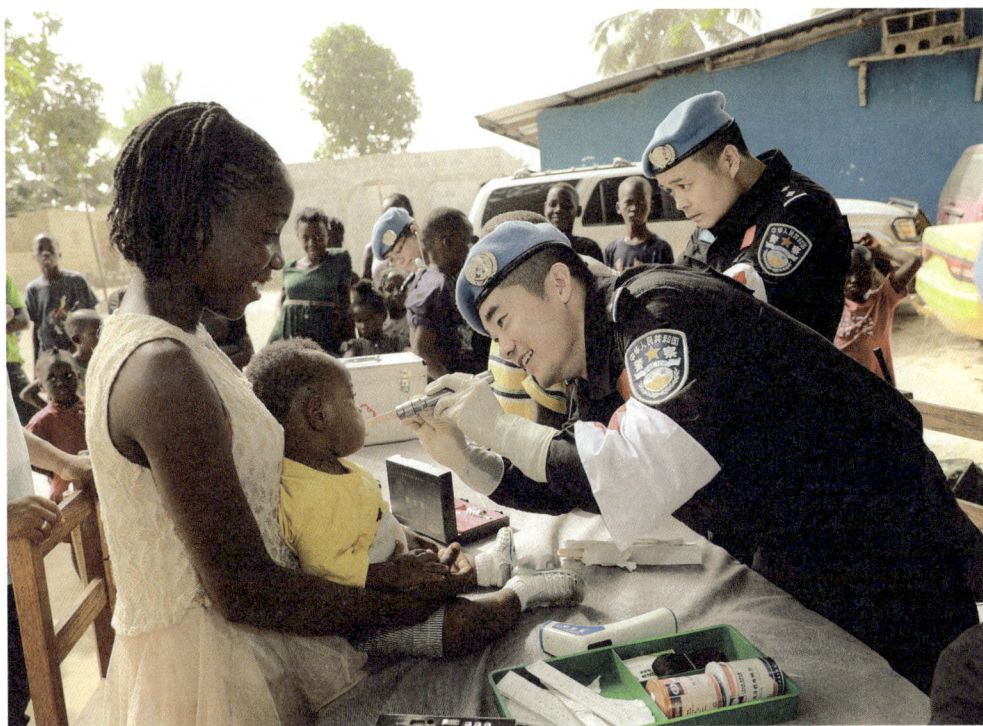

人类命运共同体理念提出以来，在波澜壮阔的大国实践中不断升华，散发出宏阔睿智的思想魅力。2017年12月28日，在利比里亚蒙罗维亚，中国第五支驻利比里亚维和警察防暴队派出医护人员为本森威尔社区孤儿院的儿童和员工进行义诊。 新华社发（赵小新 摄）

象深刻的话语，也让他得以更全面地去观察中国、理解中国。

谷畑勇夫告诉记者，这次座谈也坚定了他扎根中国工作的信念："我很乐于把中国学生培养成为优秀的科学家。科学跨越国界，是造福人类的事业。"

5年多来，谷畑勇夫经常在媒体上看到"命运共同体"的表述，也赞同中国推进"命运共同体"建设的务实行动。他说，习近平的讲述深刻而生动，这一理念意味着各国之间既彼此尊重、和而不同，又能够携手合作、同舟共济。

"中国应该继续大力倡导人类命运共同体理念，让全世界认识到每个国家既可以各具特色，也可以和谐相处。"谷畑勇夫说，"这样的国际交流才能培育真合作、真友谊，世界才能更加和谐和幸福。"

提出人类文明走向的中国判断

回放：2013 年 3 月 23 日；莫斯科，习近平主席在莫斯科国际关系学院演讲

讲述：莫斯科国际关系学院院长阿纳托利·托尔库诺夫，俄罗斯国际事务理事会主任安德烈·科尔图诺夫

担任学院院长 20 多年，托尔库诺夫培养了一届又一届毕业生，也一直认为莫斯科国际关系学院的学生非常幸运。"他们能听到来自全球的权威声音，当然，我最难忘的还是 2013 年 3 月中国国家主席习近平的演讲。"

白雪皑皑的莫斯科，习近平当选国家主席后首次出访。在莫斯科国际关系学院的这场演讲，被称为突破了双边关系的范畴，"向世界讲述了对人类文明走向的中国判断"。

学院礼堂座无虚席。托尔库诺夫回忆说，习近平的演讲非常精彩有趣，就像一位教授在给学生授课，通俗的语

言阐发深刻哲理,有趣的故事蕴含深邃思考,体现了对世界大势的清醒判断和对未来走向的准确把握。"中国的政策理念既创新,又具延续性,这是中国能够持续、稳定、健康发展的保障。"

在这篇题为《顺应时代前进潮流 促进世界和平发展》的演讲中,习近平讲述了影响深远的两个重要概念,"命运共同体"和"新型国际关系"。

俄罗斯国际事务理事会主任安德烈·科尔图诺夫密切关注了这场演讲:"习近平的'命运共同体'理念首次提出时,就以长远眼光和宏大目标给人留下深刻印象。随着这些年的发展,命运共同体的蓝图日益清晰,影响范围远远超出欧亚大陆,这对阻止世界向单极化方向发展具有重要意义。"

擘画世界发展的光明未来

回放:2015 年 9 月下旬;纽约,习近平主席出席联合国成立 70 周年系列峰会并发表重要讲话

讲述:联合国前秘书长、博鳌亚洲论坛理事长潘基文

几个月前,潘基文在北京再次见到了习近平主席。卸

任联合国秘书长的他有了一个新身份——博鳌亚洲论坛理事长。谈到论坛发展，他表示，希望论坛能"为构建人类命运共同体作出努力"。

今年在博鳌，有一场关于中国改革开放的分论坛，潘基文率先发言，盛赞习近平提出的人类命运共同体理念，"擘画了亚洲乃至世界发展的光明未来"。

2015 年秋天，在纽约召开的联合国成立 70 周年系列峰会上，作为联合国秘书长的潘基文，第一次感受到这一理念的感召力和影响力。"习近平第一次站在联合国的讲坛上发表演讲，在联大系列峰会上全面论述了人类命运共同体的主要内涵。"

9 月 28 日，联大一般性辩论首日。习近平再次登上联合国讲台，声音坚定有力："携手构建合作共赢新伙伴，同心打造人类命运共同体。让铸剑为犁、永不再战的理念深植人心，让发展繁荣、公平正义的理念践行人间！"话音落下，掌声经久不息。

"在中共十九大上，习近平深化了这一理念。我们生活的这个世界，各国及各国人民的命运紧密联系在一起，彼此应相向而行。""某些国家正把阻隔彼此的墙建得越来越高。此时，真正的世界领袖应推动互联互通，是造桥而非拆桥。"

随着同中国接触日益增多、对中国观察日渐深入，潘基文致辞提到命运共同体的次数也越来越多。他说："人类命运共同体的理念鼓舞人心，能改善国际治理体系，让各国更好地应对目前面临的困难和挑战。"

大道行思，取则行远。2017年2月10日，构建人类命运共同体理念写入联合国决议；3月17日，载入安理会决议；3月23日，载入联合国人权理事会决议……思想的

2017年3月23日，联合国人权理事会通过决议呼吁构建新型国际关系、构建人类命运共同体。　新华社记者徐金泉　摄

光芒绽放，时代的价值永恒。

"成为全球历史上的一个参照点"

回放：2017 年 1 月 17 日和 18 日；达沃斯、日内瓦，习近平主席出席世界经济论坛 2017 年年会并访问在瑞士的国际组织

讲述：世界经济论坛创始人兼执行主席克劳斯·施瓦布

"中国国家主席的光临是极具象征性意义的。"回应施瓦布多次诚邀，2017 年年初，习近平主席成为首位出席达沃斯论坛的中国元首。时隔一年后，在北京再次见到习近平主席时，施瓦布依然对达沃斯和日内瓦的两场历史性演讲记忆犹新，他评价称"广为世人称道"。

施瓦布多次听到各国政要、专家引用习近平主席的演讲。他见证了无数次演讲，但唯有这一次，他认为"具有重大历史意义""如冬日阳光""习近平主席讲话成为全球历史上的一个参照点"……

达沃斯年会开幕式上，在"全球化"和"逆全球化"思潮交锋之际，习近平主席为世界经济"把脉开方"。日内瓦万国宫，他回答人类社会抉择的时代之问，提出构建人类命运共同体的"五个坚持"，讲到关键处几乎句句有

掌声。

演讲发表后，世界各大媒体几乎无一例外播报了这一"最令人瞩目的事件"。美国《外交政策》杂志说，这是"具有分水岭意义的时刻"；西班牙《国家报》指出，习近平成为全球化和自由贸易的"世界领导者"。英国《金融时报》中文网的文章说，全世界都在问，中国是否有意愿及能在多大程度上接过经济全球化领袖重任？演讲开始不过几分钟，已经有了肯定答案……

时代大潮奔涌，2018 年，达沃斯再次选择中国方案，将"在分化的世界中打造共同命运"确定为今年论坛的主题。施瓦布强调，希望可以继续宣扬习近平主席"共同构建人类命运共同体"的主张，"习近平主席在达沃斯的演讲是中国与世界关系的重要转折点"。

记者　杜尚泽　宋宇　曲颂
《人民日报》2018 年 10 月 7 日

网友留言

1. 人民日报微信公众号网友"阿陀木"："一带一路"构建人类命运共同体，中国的朋友圈正在不断扩大。

2. 人民日报客户端网友"大海"：昼夜星驰、风云变幻，人类面临百年未有之大变局。关键时刻、十字路口，有踟蹰彷徨，有逆流而动，也有勇毅前行。

3. 人民日报客户端网友"孺子牛"："构建人类命运共同体"是中国呼应时代召唤，体现大国责任，大国智慧，大国情怀，大国自信。

4. 人民日报客户端网友"yer_"：携手构建合作共赢新伙伴，同心打造人类命运共同体。让铸剑为犁、永不再战的理念深植人心，让发展繁荣、公平正义的理念践行人间。

5. 人民日报客户端网友"枫叶随风"：唯有凝聚共识的思想，方有拨云破雾的穿透力；唯有洞察未来的远见，方有指引前行的感召力。

从实践中来　到实践中去

——"新思想从实践中产生"系列报道启示录

　　每当共和国的生日，我们在为国家强盛、人民幸福而欢欣鼓舞的同时，总是不由想起那些凝结着艰辛与荣耀的奋斗。

　　"幸福都是奋斗出来的""奋斗本身就是一种幸福"……这个国庆，习近平总书记关于奋斗的金句，被人们反复传诵，给人们感动与启示。

　　总书记阐发的奋斗幸福观，唤起亿万人民同心筑梦、矢志追梦、奋斗圆梦的磅礴力量。

　　9月中旬以来，人民日报在头版推出"新思想从实践中产生"系列报道，通过记者实地走访，从贫困山村到繁华城市，从黄土高原到山水江南，从国内到国外，努力探寻新思想形成和发展的实践轨迹。

"全部社会生活在本质上是实践的"，理论只有来源于实践、作用于实践，才会具有强大的生命力。本报记者在采访中，处处都能感受到新思想丰厚的实践基础、深厚的历史文化底蕴，感受到科学理论带来的巨变、焕发的伟力！

新思想源于对实践的深刻把握

源浚者流长，根深者叶茂。

习近平新时代中国特色社会主义思想源于孜孜不倦的实践和探索，体现的是历史的眼光、缜密的思维、深刻的洞察和博大的胸襟。

采访中，我们常听到这样的数字——

"在正定工作的 1000 多个日日夜夜里，他的足迹遍及全县 25 个公社、221 个大队"；

"宁德地区 124 个乡镇，他去过 123 个，跟着他下去调研，一年要穿坏三四双解放鞋"；

"在浙江工作了 6 个年头，他跑遍所有的县市区"；

"虽然只在上海工作了 7 个月时间，但他马不停蹄考察了全市所有 19 个区县"……

采访中，我们还听到这样的故事——

"当年下乡他经常骑自行车"；

"他冒雨走泥路看茶山"；

"热了就用搭在脖子上的毛巾擦擦汗"；

"他坐了两个多小时的车，又走了两个多小时的山路"……

基层是最好的课堂，实践是最好的教材，群众是最好的老师。习近平曾深情回忆，在梁家河7年的插队生活"让我懂得了什么叫实际，什么叫实事求是，什么叫群众""这是让我获益终生的东西"。

"这都是碱性土地，怎么种出来的玫瑰？"

"脆李是否属于李子的一种，个头有多大？颜色是红色、青色还是黄色？"

"三峡现在还有猴群吗？退耕还林是人工造林还是飞播造林？"

……

采访中，很多干部群众表示，听到总书记这么细致的提问，都感到有些惊讶，总书记惊人的记忆力和广博的知识令人折服。

在长期的实践中，在不同的领导岗位上，习近平总是能在调查研究的基础上，提出令人耳目一新的思路和观点，既符合实际又具有很强的战略指导作用。

"总书记总是比我们站得更高、看得更远。"这是习近平曾经工作过的地方人们发自内心的一致评价。

"上世纪80年代末，围绕脱贫，闽东干部群众曾有三大设想：修建温州到福州沿海铁路、开发三都澳50万吨良港、创办赛岐开发区并发展成中心城市。"曾长期在福建分社工作并多次赴宁德采访的本报记者赵鹏说，刚刚到任宁德的习近平没有轻率表态，而是轻车简从实地走访了闽东9县市，这其中就包括"三进下党"。在此基础上，他提出了要以弱鸟先飞、水滴石穿的精神摆脱贫困。

"他实事求是地指出，这三大设想看似一劳永逸，恰恰忽略了自身的努力，只想借助外界力量解决发展问题，思想根源上还是'等靠要'。在脱贫攻坚的战役中绝不能寄希望一下子抱个'金娃娃'，必须'要把事事求诸人转为事事先求诸己'。"

"总书记确实高瞻远瞩！"在浙江安吉采访时，干部群众也由衷赞叹。

"当时人们常说，既要绿水青山，又要金山银山，也有人提出，宁要绿水青山，不要金山银山。这样的认识，体现了对环境保护的重视，固然是可喜的，却没有说到本质。总书记的一句'绿水青山就是金山银山'，把二者的辩证关系讲透了，真正是拨云见日、点石成金！"本报浙江分社记者顾春说。

"安吉县的同志感叹，总书记的一句话让安吉守住了生态优势，也赢得了发展优势，获得了联合国人居奖，成为了'中国最美县域'。"

"总书记视察重庆果园港之后，我三次到果园港采访，每一次都能感受到变化。"本报重庆分社社长王斌来深有感触，"最重要的变化是职工信心更足了，心气更高了!"

"总书记那双温暖又厚实的手，给了我们无穷的力量!"回忆起两年多前见到总书记时的场景，果园港生产部经理助理郑骁依然心情激动，"总书记说幸福是奋斗出来的，我和我的同事一定要把幸福奋斗出来!"

理论一旦被群众掌握，就会成为改变世界的物质力量。正是因为源于实践，新思想具有巨大的引领力；正是因为源于实践，新思想具有强大的感召力；正是因为源于实践，新思想具有持久的生命力!

新思想凝结对人民的深厚感情

"有谁的家人住在这样的房子，举个手!"

"有谁的直系亲属住在这样的房子，举个手!"

为了加快棚户区改造，2000年7月，时任福建省省长的习近平深入福州市连片棚户区苍霞社区调研，并向现场的干部连声发问。

严肃的神情，连续的追问，令在场的每一位干部群众为之动容。

"百姓谁不爱好官？把泪焦桐成雨。生也沙丘，死也沙丘，父老生死系……"1990年7月，读完《人民呼唤焦裕禄》一文后，习近平挥笔写下这首《念奴娇·追思焦裕禄》。字里行间，跳动着爱民为民的赤子之心。

不忘初心，就是要始终牢记自己来自哪里，为何出发，如何奋斗。秉持全心全意为人民服务的根本宗旨，始终把人民放在心中最高位置，坚持以人民为中心的发展思想，是贯穿习近平新时代中国特色社会主义思想的鲜明主线。

"人民对美好生活的向往，就是我们的奋斗目标。"党的十八大以来，习近平多次郑重宣示。

在党的十九大报告中，"以人民为中心"作为坚持和发展中国特色社会主义的基本方略加以明确。据统计，"人民"二字在党的十九大报告中出现了203次。

在今年3月十三届全国人大一次会议重要讲话中，再次当选国家主席的习近平84次提到"人民"。

习近平曾在一篇文章中回忆说，作为一个人民公仆，陕北高原是我的根，因为这里培养出了我不变的信念：要为人民做实事！

2015年2月13日，习近平总书记回延川县梁家河看望父老乡亲时深情地说，我在这里当了大队党支部书记。从那时起就下定决心，今后有条件有机会，要做一些为百姓办好事的工作。当年，我人走了，但我把心留在了这里。

"在正定采访，很多总书记当年的老同事，都提起他'吃螃蟹'的故事。"本报河北分社记者张志锋说。

"吃螃蟹"说的是习近平在正定里双店公社搞"大包干"试点，这在当时冒了很大风险。但是，习近平顶住压力，依靠群众，坚定推进，取得了很好的效果，老百姓的粮食多了，收入也提高了，男女老少都念共产党的好。

"这不是胆子大小的问题，是有没有真正把老百姓利益放在首位的问题。为了群众，敢于担当，善于作为，并且坚持到底，习近平在年轻时就是这样做的。"在《习近平一直惦记着俺们村》一文发表后，网民这样留言。

"共和国成立都快 50 年了，部分群众生活还这么困难，一定要解决好他们的生活困难。"1997 年 6 月，时任福建省委副书记的习近平在闽东调研连家渔民易地搬迁时动情地说。

"如果没有他的大力推进，我们至今可能还住在船上、漂在海上！"曾经被称为"水上吉普赛"的连家渔民说。

是的，对人民付出的爱有多深，人民回馈的爱也会有多深。

小康不小康，关键看老乡。在海南三亚，玫瑰谷员工李玉梅一直津津乐道总书记戴上她的斗笠的故事。

"当时大家挤在一起，不知道是谁碰了我一下，斗笠差点滑下来。总书记看到了，顺手接过了我的斗笠。"李玉梅说，"总书记戴上斗笠，大家热烈鼓掌，不少乡亲眼泪都流下来了！我们都能感觉到总书记对老乡的那份真挚情感。"

"我们从三亚博后村到海口施茶村一路采访，所到之处，干部群众都说，总书记真正知基层，懂农民，他的话总能一下子说到我们心坎上！"本报记者辛本健说。

"总书记进门，先看厨房，再看老人卧室，最后来到客厅，拉着我奶奶的手，嘘寒问暖。给我的感觉就像长辈来家里走亲戚，可随和了。"河南兰考张庄村村民闫春光回忆说。

"从张庄到焦裕禄同志纪念馆，到县行政服务中心，我们通过一张张现场照片，通过与当地干部群众的一次次交流，真切感受到总书记对群众的真情、深情。"本报河南分社记者马跃峰说。

"习总书记下过乡、当过农民，他知道咱们百姓需要什么、期盼什么。现在总书记想着法子让咱过上好日子。跟着总书记，我们有奔头！"一位读者在与本报记者交流系列报道读后感时激动地说。

新思想引领中国光明未来

深圳莲花山上，习近平总书记亲手种下的那棵高山榕，如今枝繁叶茂，郁郁苍苍。

"总书记种下的是长青树，更是中国改革开放的'信心树''希望树'！"时任深圳市莲花山公园管理处主任杨义标的这句话，让本报广东分社记者吕绍刚感慨良多，"总书记发出的'改革不停顿、开放不止步，将改革开放继续推向前进'的动员令，让深圳这片改革热土再次涌动春潮！"

中国特色社会主义进入了新时代，中华民族迎来了从站起来、富起来到强起来的伟大飞跃，迎来了实现伟大复兴的光明前景。

采访中，谈起党的十八大以来的历史性成就和历史性变革，宁夏闽宁镇一位基层老党员的话饱含深情："那都是因为我们有习近平总书记这个核心，有习近平新时代中国特色社会主义思想这个灵魂！"

记者注意到，说这番话的时候，他眼含热泪，毕竟，"空中不飞鸟，地上不长草，风吹沙砾满地跑"的景象还历历在目。正是因为习近平亲自推动的闽宁协作，才让昔日"干沙滩"变成了今天的"金沙滩"，农民人均年收入从 1996 年的不足 500 元，增加到 2017 年的近 12000 元。

"吃水不忘挖井人。从他们幸福的目光中，我们看到了人民群众对总书记的衷心爱戴，也增进了自己对新思想的认同和理解。"参与采访的本报年轻记者邝西曦说。

"新思想是在长期的实践中产生和发展起来的，也必将长期指导中国的实践，引领中国的未来。"很多干部群众在采访中表示。

党的十八大以来，全国 6000 多万贫困人口稳定脱贫，很大一部分都是"贫中之贫""困中之困"。习近平总书记50 多次国内考察，几乎每次都把扶贫调研作为一项重要内容，形成了内涵丰富、思想深刻、体系完整的精准扶贫重要论述，成为打赢脱贫攻坚战的行动指南和根本遵循。

在刚刚过去的中秋节，湖南花垣县十八洞村 44 岁的苗族村民施六金"脱单"了。"不了解这个苗家山村的过往，就很难理解这份'脱单'的喜悦——'脱单'连着脱贫。"多次到十八洞村采访的本报湖南分社记者颜珂格外高兴。

5 年前的十八洞村，农民人均年收入 1668 元，全村许多男青年过了 40 岁还单身娶不上媳妇。2013 年 11 月3 日，习近平总书记来到十八洞村，首次提出精准扶贫战略，开启了中国新一轮脱贫攻坚的伟大实践。

"感谢习近平总书记，感谢党的精准扶贫政策，十八洞的明天会更好！"施六金的感激发自肺腑。

深深植根于中国实践的习近平新时代中国特色社会主义思想，其影响是广泛而深远的。"一带一路"、正确义利观、新型国际关系、人类命运共同体……一系列新论断、新观点、新倡议，展现出习近平作为大国领袖的远见卓识，为全球治理提供了中国智慧和中国方案，得到国际社会广泛认同。

"在哈萨克斯坦采访，随处可以感受到'一带一路'建设呈现的勃勃生机和普通民众实实在在的获得感、幸福感。"本报国际部副主任马小宁说，在哈萨克斯坦人眼中，"一带一路"具有使梦想成真的魔力。

党的十九大期间，一部由来自美、英等多国电视机构联合制作的纪录片《中国：习近平时代》首播，主创人员表示，"所有这些变化的背后，都有一个最初始的力量源泉，就是习近平的治国理念和政策方针"。这样的新思想，"足以标定一个新的时代，足以引领一次新的征程"。

在深圳前海，一位香港创业者感叹，"这里到处呈现出万物生长、馨香四溢的蓬勃生机，真可谓'东方风来又一春'！"

而前海管理局原局长郑宏杰印象最深的，却是总书记鞋子上的一层灰。"他要我们发扬特区'敢为天下先'的精神，鼓励我们大胆往前走。他的话，还有那双沾着泥土的鞋，时刻激励着我！"

走进新时代、踏上新征程的中国人，满怀信心，满腔豪情。实现中华民族伟大复兴的中国梦，没有任何时期比现在更接近，达到"两个一百年"目标，从来没有像今天这样清晰动人、真切可感。

"思想是启明星，思想是航标灯。只要我们更加自觉地学习新思想，贯彻新思想，践行新思想，我们就能认准方向、找准方位、把准方略，就能保持定力、激发动力、形成合力。""有习近平总书记为我们掌舵、领路，有习近平新时代中国特色社会主义思想武装头脑、指导实践，就没有翻不过的山、迈不过的坎，就一定能够创造更加美好的生活！"这是广大干部群众坚定的信念、共同的心声。

记者　汪晓东　张炜　孔祥武　郭舒然

《人民日报》2018 年 10 月 8 日

策　　划：王　彤
责任编辑：陈光耀
责任校对：吕　飞
封面设计：石笑梦
版式设计：胡欣欣

图书在版编目（CIP）数据

新思想从实践中产生／人民日报社　编．—北京：　人民出版社，2018.11
ISBN 978 - 7 - 01 - 020003 - 3

I.①新…　　II.①人　　III.①新闻报道 - 作品集 - 中国 - 当代　　IV.① I253

中国版本图书馆 CIP 数据核字（2018）第 247854 号

新思想从实践中产生

XINSIXIANG CONG SHIJIAN ZHONG CHANSHENG

人民日报社　编

人民出版社 出版发行

（100706　北京市东城区隆福寺街 99 号）

北京中科印刷有限公司印刷　新华书店经销

2018 年 11 月第 1 版　2018 年 11 月北京第 1 次印刷
开本：710 毫米 ×1000 毫米 1/16　印张：10.25
字数：88 千字　印数：00,001 - 40,000 册

ISBN 978 - 7 - 01 - 020003 - 3　定价：38.00 元

邮购地址 100706　北京市东城区隆福寺街 99 号
人民东方图书销售中心　电话（010）65250042　65289539